目次

本文イラスト
蔦森えん

1章　お別れのはじまり

浮気するやつはゴミだ。

幸い私の周りにいる人たちは、モラルに溢《あふ》れ性格がよく、浮気なんていう愚かな行為をする人はいなかった。

それはまぁ、その中心にいる私・朝倉《あさくら》シノが、超清楚《せいそ》でモラルに溢れ、周囲の人々も敬《うやま》うほどイイコだからだと思うんだけど(?)

とりあえず私の周りにゴミなんてひとつもなかったし、私は一生ゴミとは無縁の煌《きら》びやかな生涯を送ると思ってた。

そう思ってたのに、とんでもないゴミが隣にいた。


「浮気してるなら正直に言いなさい、ケイジくん」

佐山《さやま》ケイジ。高校生の時からお互い社会人になる今現在まで、もう7年付き合っている私の彼氏だ。

目つきが悪く、黒髪はつんつんしてて、浮気しそうな顔だ。

身長もそこそこ高く体格もよいので、ますます浮気しそうな容姿だ。

私の部屋を訪れた浮気男に、携帯電話を突き付けた。

「浮気をしていますねケイジくん」

「…………はい？」

あくまで浮気をとぼけるケイジに、ぐいッと端末の液晶画面を押し付ける。

「私、あなたの携帯を見たの。そしたら、そこに衝撃の浮気証拠を見つけたの……。信じられないメッセージがあったの、どう言い訳する気？」

「は？　メッセージ？」

お互いに不穏な空気が走るのを感じ取りながら、私はなおもぐいぐいと突き付ける。画面に表示される禁断のメッセージを見せ付けるために。

「そうだよ、これッ」

そこに書かれたメッセージとは――――！

〝暗証番号を入力してください〟

ケイジの目が点となった。

「ロックしてあって、中身見れないよ!!」

「……。……ああー、そういやロックかけたなあ。だから？」

「！……やっぱりね。勝手にかかるはずないもんねっ」

フンッと鼻息を荒げる。

「人は、やましいことがあるからロックするって聞いたヨ――。つまり浮気している！」

「はあ？」

確定、とばかりにケイジを指さし。

「さぁさっさと白状するがよいよ、ゴミめ！」

「……し、してねえー!? なにその単純な理由!? おまえは決め付ける前にもうちっと原因とか探れよ!? ロックってわりと皆やってるつーか、むしろ昨今はやらなきゃいけない空気あるだろセキュリティとかなんとかで」

息する間もなく捲《まく》し立てたケイジに、目をぱちくりさせる。

「あーそっかそっかセキュリティね……。確かに私もしてる。やだ私ったら決め付けちゃって……エヘへ」

さりげなく自分のことを棚に上げていたことを白状しつつ、もじもじしながら、

「じゃあ浮気したら半殺しの約束だったじゃん、どうする？ ケイジのケイジをさく

っと……いっちゃう？　浮気で穢《けが》れた血、出しちゃう〜〜？」

奴《やつ》の言い分はなにひとつ信じていなかった。

ケイジは至って無表情で何も言わない、いや、言えない様子で、それ見たことかと鼻息荒く確信した。

「ほら黙ってる！　やっぱ図星だ！」

「…………ア、アホー⁉　さすがの俺も想像の恐怖と痛みで言葉失っただけだわ！やましーことないし、ロックも意味ねーよ！」

断言するケイジに、私は更に断言する。

「浮気してる‼」

「おまえさっきからそれしか言ってねーな⁉　突っ込むのも面倒だぞオイ」

ケイジは私から、自身の携帯を奪い取ると、

「証拠に見ろ。そして俺の潔白さにビビれ」

すぐさまロックを解除し、見せ付けてくる。

「怪しいところなんて一切ないだろ」

「フムフムどれどれ……ヒッ」

覗《のぞ》き込み、打ち震える。

こ、これは……！

「お……【おはようございます佐山さん】って、朝一番にメッセージきてる……浮気だ……！」

「うん、ただの同僚からの挨拶な。そのあと用件もきてるだろ」

「【3/30の待ち合わせは、渋谷ハチ公前でよろしいでしょうか】ってデートの約束してる……浮気だ！」

「それもただの仕事の打ち合わせな」

「じゃあこれは⁉【昨夜は盛り上がったね〜また呑みましょう】って、夜の関係を匂わしてる。これは間違いなく浮気でしょうが！」

「それただの会社の飲み会の感想だ、つかシノの浮気の基準が低すぎる⁉」

「わぁーん、このチンカス野郎‼」

「せめて女の子らしい罵倒でお願いします‼」

口に手を当て、ぺたんと床に崩れ落ちる。

「なんで……なんで私はこんなに長年に亘《わた》りケイジに尽くしてるのに、浮気するの

「……」

うっうっと泣き崩れる私に、ケイジは白けた眼差《まなざ》しを向けていた。

「うん。付き合って数年、シノが俺に尽くしたことあったか？　っていう疑問がまず頭に浮かんだんだ……」

「尽くしてるじゃん！　たとえば、ホラァ〜。毎日会いたいって催促したり、夜中遅くまで電話したりさぁ」

「連絡し忘れて怒られないよう携帯は常に確認し、機嫌を損ねないよう定期的にケーキの土産《みやげ》もかかさず、時間が合えばシノを送り迎えしてる俺のがよほど尽くしてるわ」

「アハハそれは彼氏の義務じゃん」

鬼彼女。

「とにかく、これはもう今後の浮気を阻止するためにも、連絡が二度ととれないようチンカス野郎の自称友達のアドレス一括削除しないとダメだヨ」

端末画面に表示される［全消去］という項目に手を伸ばす。

「待て待て待てーいってか落ち着け！」

あっけなく携帯を奪われたので、空いた手でケイジの腕にしがみついた。

「返せばかー！」

「返すか！」

「だったら私以外の人とのメッセージのやり取りは禁止で、飲み会があっても17時にはちゃんと家に帰って、一言も言葉発さないでよ……！」

ケイジの裾をぐいぐい引っ張る。

「あ、いいこと思いついた。浮気防止に、ケイジのパンツにSHINO☆LOVEって刺繍《ししゅう》しとこう、そうしよう！　ね、いいでしょ⁉　そうしようね⁉」

こればかりは譲れないと、強く強く力をいれた。

「あ、あと浮気後殺戮《さつりく》開始っていう刺青《いれずみ》も、顔面に彫らないと――ヤバイやることが多すぎる」

「シノ……」

しがみつく私をケイジは面倒くさそうに振り払う。

そして、あっと体勢が崩れる私を見下ろしながら、とてもゆっくりした口調で言い放った。

「重い」

えっ。

「重い」

たたみかけて、2度言われる。

「お、おも、重いって……⁉」

「さっきからスゲー重いわ！　言葉通りの意味だ！」

ヒギャーー。

あまりのショックに言葉を失い、ふらふらと数歩後退する。

「……う、うそだよ、私、重くなんて、ないよ」

「いやいや子泣きじじい並みだぞ、まじで。ほらあの段々重くなってくる妖怪」

絵面を想像し、ガタガタ震える。

え、私、重かった……？　え、普通でしょ？　これくらい普通で……。ちょっと偏りすぎかもしれないけど……。

「だだだ、だってそれは、ケイジが………」

だって……知らない人とばっか連絡とりあってて不安だから……。

……重い。私の気持ちが、重い……。そりゃ多少（？）重かったかもしれないけど、でもでも……。

私のこんな不安な気持ちを理解してくれないなんて……。

彼女がこんなに辛《つら》い思いをしているのに、手を差し伸べてくれるどころか、振り払い、重いとぬかし、挙げ句の果てに妖怪扱いしてくるケイジなんて……。

ひどい……ひどい……。

「……み、見損なったよケイジ……いやむしろ冷めた！　気持ちはすっぱり吹っ飛んでった！」

え？　と、ぽかんとして棒立ちのケイジを、私は涙目になりながらキッと睨《にら》みつける。

「後悔しても、もう遅いから……ケイジとは別れてやる！　金輪際、私には二度と話しかけないでッ」

「……は!?　シノ待っ」

「サヨウナラー！」

ぴゅーーと脱兎《だっと》のごとく走り去る。

長い付き合いだった私たちは、こうしてあっさりと破局したのだった。

完（？）

＊＊＊

私はいわゆる3軍と呼ばれる部類にはいる女だ。

1軍↓ムードメーカー・存在が空気を作る
2軍↓平凡・存在が空気（良い意味）
3軍↓教室の隅《すみ》にいるような暗い集団・存在が空気（悪い意味）

無愛想で地味で根暗の3軍頂点に立つこの私が1軍である佐山ケイジと付き合い始めたのは高校3年生の体育祭。

それから順調に月日をともにし、年月が積み重なるごとにお互いの愛情も深まっていった。

依存も。

だからね、仕方ない。

私の気持ちが重いのも、束縛するのも、仕方ない。

そこはね、白馬の王子様レベルでね懐深く受け止めてね、っていうか受け止めてくれるっしょ当然っしょ運命っしょって思ってたのに。

〝重い〟

まさにショック死である。


「ウッウウッウッ……」

翌日。薄暗いカフェの隅のテーブルで、号泣して喉が渇いては、甘いロイヤルミルクティーを飲み喉を潤し、また咽《むせ》び泣く。目の前にいる、豊満なおっぱいをたゆんたゆんに揺らす美女の静江《しずえ》さんは、半眼で私を見下ろしていた。

「どうして別れちゃったんだろう。ウッウッ。ズビーズビー」

鼻水音とともに、何枚ものハンカチが死滅していく。

静江さんはひたすら半眼で私を見続けていた。

「ごめん確認なんだけど。別れるって言い出したのは、シノちゃんよね？」

「はい……。別れたくなんてなかったのに……」

「頭大丈夫⁇」

心身ともに辛すぎて、有給を取り会社を休んでいる私への暴言に、怒りで一瞬涙がひっこんだ。

「ひどい、静江さんのばかっ」

「いや、ひどいのはシノちゃんの頭であって」

うわぁぁぁんとテーブルに突っ伏して泣き出す。

静江さんは、ゆっくりとした動作で葡萄《ぶどう》ジュースをストローから一口飲むと、興味なさげに続けた。

「てか、どうせすぐヨリ戻るんでしょ？　これで何度目よ、あんたらの別れ話」

ぎくりと肩を震わす。

「いるわよねー、気に入らないことがあると、すぐ別れるって言っちゃう女。男が追いかけてくれるか試すやつ」

「そ、そんな違います！　確かに今までも、くだらないことでケンカ別れしては復縁しましたけど……！」

反射的に立ち上がり、強く否定する。

そう、例えばケイジがデートに遅刻して、優しいシノちゃんが『慌てないでゆっくり来て☆』と言ったら（建前）、本当にゆっくり来やがり、『遅い』とキレれば『ゆっくりでいいって言ったじゃねーか！　コレでも急いだわ！』と、逆ギレされたがため『ばかたこまぬけもうそんなウスノロトンマにはついてけないッ。別れますさよならッ』と、そうゆうライトな別れはしょっちゅうしていた。

だが今回はいつものレベルと違うのだ。

彼女の気持ちを重いなどと言ってくる男なんて、別れて当然なのだ。

悲しくて、涙がぼろぼろ溢れる。

そのとき、私の携帯画面にある人物からの着信が表示された。

即座に手に取り、電話に出る。

「――ケ、ケイジ⁉」

『おう。機嫌直ったかー？』

「うん直ったよっ」

私の元気のよい返事に、静江さんの顔が変な感じに歪《ゆが》んだ。

『よかった。んじゃまだ仕事中だから、夜にでも会いにいくわ』

「うんっ」

幸せな気分で電話を終えた。

仕事中に気になって電話してくれた上に、夜に会いにきてくれるなんて……。

自分を想ってくれてる姿に、思わず顔が緩《ゆる》む。

「静江さん、聞いてください♪　たった今ヨリ戻りましたァ、ウフフ」

超絶満面の笑みで、心底呆《あき》れたように額を押さえている静江さんに報告した。

「……あのねぇシノちゃん……。いつまでもそんな感じでケイジを試してると、いつか本当に取り返しのつかないことになるわよ？」

言われれば、きょとんとし、数回瞬《まばた》きをぱちぱちして、次の瞬間には吹き出した。

「え〜っ、なりませんよー。ケイジは私のこと大好きだしィ。ていうかやめてくださ い別れる前振りみたいなの。フラグ的な。言霊《ことだま》的な」

「言霊っていうか、常識だから。話聞いてたら誰もが皆思うことだから」

「オ〜やだやだ。静江さんは何ひとつわかってないですね。私達は何度別れても元に戻るし、長く付き合っただけあって、目に見えない絆《きずな》もあるっていうか、そこらのカップルの常識で別れを考えられても困るっていうか」

調子よくべらべら喋《しゃべ》っている最中、静江さんは勢いよく立ち上がりガァンッと思いっきりテーブルを叩《たた》いた。

ひいっと思わず前身だけ後退する。

「だからっそもそも別れてねぇんだよテメェらは！　社会人になってまで茶番してんじゃねぇ茶番！　しね！」

えええええ、し、しね、まで！

静江さんが豹変《ひょうへん》した。さっきまでおっぱいたゆんたゆん美女だったのに般若《はんにゃ》の化物になってる。

「つーかこっちは貴様の弟と本気で別れたいのに、何言っても別れられねーんだよくそが！　だのにシノちゃんはぽんぽんあてつけのように別れやがって！　自慢か！」

さらには弟の悪口を絶叫しながら言いまくられる。耳障り目障りセックス下手など色々悪態ついている。

よくまあ人の弟の悪口そこまで言えるわぁーむしろ感心～。

「え、えへへ、ご迷惑をおかけしましたぁ～。てかアレレー。いつから別れ話に？人の家で勝手に犬を飼ってるくらいラブラブなくせに～？」

おったまげーなことに、未《いま》だ私の実家で同棲《どうせい》しているのだ、静江さんとその恋人である私の弟は。

「そうなの、それがあるからより別れにくいわ。犬どうしよう」

「どうしよーじゃねーよ、最後まで責任もって面倒みてください」

「それができたら苦労しないの。引っ越し先のアパートがペット禁止で……シノちゃんが飼ってよ」

最低すぎたこの女。動物をなんだと思っているのか。

葡萄ジュースをちゅるちゅるストローで暢気《のんき》に吸っている。

「だって弟くんが飼うとなると犬に会いにくいし。でもシノちゃんなら会いやすいでしょ」

「だったら別れないでください……。どうせ私たちみたいな痴話《ちわ》喧嘩《げんか》の延長で別れたいだけじゃ……」

ため息混じりでそう言うと、

「あたしは本当に終わりにしたいの」

低い声で、きっぱりと否定される。

その真剣みを帯びた表情に、固い意志を感じ、思わず息をのむ。

静江さんは叫んだ。

「――だって婚期は待ってくれないのよ!!」

一瞬沈黙後、理解。

……。あ、あー、理由、そうゆう。はい、なるほど。

「あたしはもうアラサーよ……。はっきり言って学生と付き合ってる場合じゃないわ……」

月に何度、何度、同年代の友達の結婚式に呼ばれてるかぁっ……と、静江さんはがくりと項垂《うなだ》れた。いつぞやは、若い男を自分好みにしたてる♡　と言ってたのに、世間の結婚ブームに押されてしまったようだった。

項垂れテーブルに伏す静江さんの背中を撫《な》でる。

「まぁまぁこのご時世、結婚が全てってわけじゃないですよー。独身も増えてるって聞きますし」

最近の世論でフォローしたら、ギリッとおもいっきり睨みつけられる。ヒッ。

静江さんは、椅子に深く座り直すと足を組み、

「だいたいシノちゃんみたいに、自分の思う通りにならないからってヒステリー起こして、別れをちらつかせる馬鹿女代表による脅迫の別れを迫ってるんじゃないのよ、あたしは。わかる？」

悪口言ってきた。

「こっちは理性的な観点で、弟くんと付き合うことのデメリットを述べてるの。もう声聞くだけで嫌、生理的に受け付けない、来世までさよならしたいとか、あんたと付き合うことでいかにあたしの人生の時間が無駄になってるかってのを語ってやったの」

姉弟揃《そろ》って悪口言われている。

しかしそれでも弟は食い下がってきたらしい。大きくため息をついた静江さんは、ストローを捨てグラスを握ると、自棄《やけ》酒のように葡萄ジュースを一気に飲み干し、テーブルにゴンッと叩きつけた。そして鞄《かばん》を肩にかけながら立ち上がる。

「というわけで、何言っても別れてくれないから同棲解消。あたしこのまま家出るわ

ね。シノちゃんからも、弟くんをきちんと説得しといてくれるかしら、別れろって」

そういえばキャリーケースが静江さんの足元に2個ほど置かれていた。

テーブルの下にはボストンバッグ3個ほど積まれているし、大荷物である。

コスプレ道具か？　と思っていたが、家を出るために持ってきた荷物だったよう。

「えぇ？　私からって……さっさとあんな年増と別れなよー☆　とか、歳の差10もあるんだよぉー介護でもする気い？　って言えばいいんですか？　嘘《うそ》ですごめんなさい」

静江さんの額に、ほんのり浮かび上がる血管と同時に頬《ほお》に走る痛み。超つねられてる。超痛い。

つねりながら、静江さんは空いている手で私にピッとメモを差し出してきた。メモには見覚えのない住所が書かれている。

「これあたしの引っ越し先。シノちゃんのことは好きだから教えるけど、弟くんには教えないで、もう二度と会う気はないし」

し、静江さん……。

キュウウウン……。私だけに教えてくれるのは、す、好きだから……!?

とても興奮したし、ときめいた。つねられてるけど。

「わ、私、静江さんのために頑張って弟説得してみせますね」

鼻息荒く、力強く頷《うなず》いた。

「当たり前じゃない。それより早くそこの荷物を持ってちょうだい」

「え？」

「ひとりで持ってくの大変なんだから。住所を教えたでしょ、行くわよ。引っ越し手伝いなさい」

ぱ、ぱしり……。好意で教えてくれたと思ったのに、騙《だま》された。ひどい。傷ついた。でも怖いから文句言わずに鞄を持ち始めるのだった。

私を呼ぶ声に、胸が震えた。

愛《いと》しい人の姿が遠くに見えると、全身で歓喜した。

ケンカ別れして以来の、愛しい人との待ちに待った再会に、目が潤み、心が弾む。

「……会いたかった……！」

我を忘れて、愛しい人のもとへ駆け出していく。

「ケイジ……っ。はやく、はやく……はやくこのクソ重い荷物を運んでクレーーッ」

「え？」

きょとんとしているのは、たった今、仕事帰りに私の自宅前マンションまで来たケイジだ。

「何してんのよこのノロマっ！　弟くんが帰ってくる前にさっさと積んでちょうだい！」

ひぃ。後ろから罵声が飛んでくる。

「そこの荷物は丁寧に扱いなさい！　傷ひとつでもつけたら許さないわよ！」

ひぃぃ。静江さんが鞭《むち》持っているように見えるぅ。

ダンボール箱を両手いっぱいに持ち、自宅マンションから地上へ階段で往復している私に、軽トラの運転席に座る静江さんが、テキパキと指示する。当初は静江さんのキャリーバッグを運ぶ係に任命されただけだと思ってたのに、あれよあれよというまに軽トラ借りてきて、本格的な引っ越し作業要員となっているのであった。

「もう、もうだめです、しんでしまいます、体力の限界です、静江さんも運んでください……」

「ええ、そうしたいところなのだけど、あたしはもう家を出た人間だもの……。シノちゃんの家に入るわけにはいかないわぁ」

「そんなばかなことってある」

なんという屁理屈《へりくつ》……。息切れすごい私に向かって……。

「おい、シノをこき使うなよ」

ケイジが私から重い荷物が詰め込まれたダンボール箱をさっと取りあげると、腕が疲労から一気に解放されていく。

静江さんはにっこりと笑った。

「あらそうなの。これで馬力が増えたわね。シノちゃんだけだと頼りなくて」

しかし注意をものともせず、静江さんはあくまで笑い続けた。

「いやだから――……」

「そうね、逢瀬《おうせ》を楽しみたいのなら、あたしの手伝いを全力でしなさいと言っているわ」

にっこりと笑うその異常に迫力がある姿に、

「……うっす」

　ケイジ負けたぁ～。

　スーツの上着を脱ぎシャツの袖をまくると、ケイジが率先して重い荷物を荷台に積んでいく。

「しゃーねー、やるか。状況いまいちわかってないけど。で、俺は何すればいいんだ」

　よっしゃーケイジのおかげで地獄から解放される。ひとりじゃ重くて、さっきなんて転んだ拍子に箱から静江さんの高級ランジェリーが飛び出して、雷が落ちたりしたのだった。

「エットねー、軽トラに荷物積んで……あ、まだ大きいものは部屋に残ってるからそれも運んで欲し……」

　説明中に、ケイジとの会話が、これは昨日別れて以来だということに気づいた。

　既に自宅へと向かおうとするケイジを慌てて摑《つか》む。

「ウワー待って……！　昨日はごめんね……!?　あんな悲劇の別れをしてしまい……」

　喜劇じゃなくて？　と静江さんから突っ込まれたが無視した。

ケイジは特に気にした様子はなかった。

「あぁ、もういつものことだから慣れたわ。慣れるのもアレだが」

「……やだ。慣れるほど、シノちゃんに試されてるなんて可哀想《かわいそう》ねぇ」

またまた続く静江さんのツッコミに、静江さんを一度キッと睨んでから、慌ててケイジに向き直り、上目遣いで懇願するように言う。

「ち、違うんだよケイジ……！　あの年増は一体なにを言っているのか⁉　確かに、男の気持ちを試すため別れを切り出すケースはよく聞く……。でもね、私が別れたいと言うあの瞬間は本当に心から別れたいって思ってるんだよ……ほんとだよ！」

「お、おう……」

返事しながらも引きつっているケイジを気にせず、私は叫ぶよう訴えた。

「お願い信じて！　試してるとかそんな理性的な話じゃなくて、あの瞬間は手を繋《つな》ぐのも鳥肌ものの嫌気がして、心から別れたくて、生理的嫌悪感満載の、つまり本能の動きであって――」

「おまえ謝ってんのか事を荒立てたいのかどっちだよ⁉　てかそれ以上言うな！　傷つくわ！」

傷つくケイジ……。なにそれ可愛《かわい》い……。

想像してきゅん、と、ときめいた。

「おーおー、怖いところでときめいている目だそれは……」

ケイジのゾッとした表情が可愛くて、さらにときめいた。

いつの間にか軽トラから降りている静江さんは、通りすがりにケイジの肩をぽんっと叩く。

「……忠告しとくけど、シノちゃんは、まっっったく反省してないわよ。ケイジが甘いせいね」

「ハハハ……まぁ好きな女には甘くもなるだろ男は。甘い自覚はしている」

きゃーケイジ〜。さらっとイケメンなこと言っておる。

「とはいえ苦労はしたくないんで、嫁になったら多少厳しくはしよう。いやできそうにないな。やめよう。俺はヘタレだ」

続けてさらっと言ってくれたその単語に、思わず固まる。

嫁。嫁。

……嫁!!

そりゃ長く付き合ってるんだし、いずれは結婚するんだろうなぁ～⁉　とは思ってたけど、改めてケイジからそのような結婚前提の類《たぐい》の返事が間接的にでも出ると、嬉《うれ》し恥ずかしすぎた。

長年付き合ってきて、言葉にしなくともお互いの気持ちが重なってることに、嬉しさを感じる。

「それ、結婚したいあたしへのマウンティングか？　あ？」

私の幸せスイッチ押したと同時に、静江さんの地雷踏んでケイジは絡まれてたけども。

そうこうくだらない雑談をしながらも、全ての荷物を1時間かけて積み込み終わり、ようやく静江さんの新居へと出発する。静江さんの運転（ペーパードライバー）だったため、気持ちも身体《からだ》も終始ジェットコースターだったし、乗車人数の関係で荷台に乗せられたケイジは、吐きかけていた地獄。

30分ほどの運転で、静江さんの引っ越し先であるエメラルドグリーンとホワイト2色の外壁が目立つ、2階建のアパート前に到着する。

静江さんは、すちゃりと華麗に地上に降り立ち、ビシッと2階の自室の窓を指さし、キリッとした表情を浮かべ、荷物運びを今まさに指示しようとし――――指示聞く前に、私は新居へと誰よりも先に向かった。

だってさっきのケイジの言葉が嬉しすぎたからー！

荷物なんて、もうポンッッポンポポーイって軽トラから投げまくって、ヘイヘイヘイーーと運んじゃう。静江さんげきおこだけど。

「おじゃましまーすっ」

テンション最高潮のまま、新居の扉を勢い良く開けて、部屋の電気をパチリとつけた。

事件は起きた。なので扉を閉めた（？）

やべえ……。

テンションは一気に下がったし、汗がどわぁっと噴き出た。

静江さんの新居は、もちろんとても綺麗《きれい》だった。すでに小さい荷物は運んでおいたのか、扉を開けて玄関からすぐ、真正面に見える部屋には、ベランダ窓にきちんとカーテンも取り付けてあった。で、ちらっと見えた。

ベランダにね、人がいた。

間違いなくいた。目の錯覚じゃない。なんだったら人影が街灯で照らされ、カーテンに映ってた。

……アッ、わかった、部屋間違えたんだ。

住人の方ですよね、なるほどすいません～～。

「おい、どうした？」

後ろから少し遅れて、荷物を運ぶケイジと静江さんが現れた。

私はテヘッと笑った。

「部屋を間違えちゃって」

「ここよ」

静江さんが間髪入れず恐怖を挿入してきた。

「アッなるほどっ、わかった。もしかして同棲ですね静江さん、もう新しい男いるなんてコノコノォ～。一緒に住む人が先にきてます？　ご挨拶しなきゃ」

「はぁ？　そんなもんいるわけないでしょ？」

じゃあベランダにいるの誰だよ。

恐怖で凍りついた。

「――ケケケけけ、ケイジ！」

荷物を持っているケイジの腕を勢い良く摑んだせいで、体勢を崩したケイジから荷物が落ち、ガシャンパリィン、と鳴ってはいけない音が、廊下に響いた。音を聞いた静江さんが激怒するが、それどころじゃない。

「だだだだだってベランダに人がいて！　強盗⁉　わかったお化けだアハハそんなわけないよね！　警察呼ぶ⁉」

「は？　人？　なに寝ぼけてんだよ」

ケイジが玄関の扉を開けて部屋に入っていく。続く私と静江さん。

先ほどあったはずの人影は、やはりベランダに残っていた。ゴソゴソ動いている。

ケイジが一歩、前に出る。

「確かにいるなあ……誰だ？　シノは隠れてろ」

「わかった！」

即ぴゅーーと部屋のトイレに駆け込もうとしたが、先に静江さんに入られかけたのでトイレを取り合う攻防戦が始まった。

ケイジがゆっくりと人影に近づいていく。

ある程度の距離を詰めると、カーテンごと一気にベランダの窓を開いた。

「おい、誰だ！」

そしてベランダにいる人影を強引に、部屋に引っぱりあげる。

その勢いで床に倒れた人影が、慌てて逃れようと身体を起こし上げるも、素早くケイジが馬乗りになり、襟首を掴みあげ強く床に打ち付けた。

悲鳴をあげる人影。

「こんなところでなにしてやがる‼」

「そうだいいけい元不良ー！　さすがだー！」

「だから不良じゃねーわ！　って……ん？」

ケイジが人影の顔を見て動きを止めたと同時に、私は私で未来の旦那を応援するため、トイレのドアの隙間《すきま》から覗いていたが、人影の顔を見て、ン？　ってどころか、ホンギャーと仰天した。

咄嗟《とっさ》に飛び出し、飛び出した勢いそのままで、人影に馬乗りしている元不良クソ男ケイジにタックルする。

クソは吹っ飛んだが、そんなどうでもいいことは無視して人影に慌てて駆け寄る。

「だ、大丈夫⁉」

私は咳《せ》き込む人影——少年の背中を支え、上体をゆっくり起こした。

さらさらした天使のような黒髪に、天使のような純真無垢《むく》なあどけない顔をした、この可愛い可愛い天使である少年は——……。

「お姉ちゃんごめん……げほげほっ」

まさかの不審者は、引っ越し先を知らないはずの静江さんの彼氏であり、私の可愛い可愛い弟だったのだ。

ケイジも静江さんも、驚きのあまり固まる。

「はー、なんだぁ、弟かぁー。びっくりしたよー不審者じゃなくてよかったぁー……」

安堵《あんど》してホッと一息。

あ〜よかったよかったァ〜〜……いや良くないわ！

なんで教えてないはずの新居のしかもベランダにいるんだ！　ス、ストーカー化しとる……！

静江さんは青ざめながら、数歩後退《あとずさ》りした。

あぁきっと私と同じ気持ち、いやそれ以上の恐怖を……と思ってたのに、私へと振り返ったそのお顔は、まさかの般若だった。

「シノちゃんがバラしたのね！　この裏切り者おおおお」

「ぎゃあああ、違いますぅうそんなバラすひまないくらい働かせてたじゃないですかぁあああ」

首をしめられ泡吹く寸前だ。

「静江！　勝手に家を出るなんて……！」

弟が起き上がると、怒りの形相で駆け寄っていく。

静江さんが慌てて私の首から手を離し、隣にいたケイジの腕をササッと掴んだ。

「あ、あたしぃ、今はケイジと付き合ってるのよねぇ〜〜」

ケイジも私も弟も、全員目を丸くした。

「だ、だからね、弟くんとはもう別れなきゃ……それで今シノちゃんと話し合いをしてて……ねぇシノちゃん！」

「エッ、静江さんと付き合っ……!?　け、ケイジ……そうなの？　そうなの!?」

嘘でしょ……ッ。ここにきてあまりの驚愕《きょうがく》の真実に、震えが止まらない。

「いや、嘘だろ」

真顔のケイジ。青ざめ全身のバイブレーション化が止まらない私。

「そんな、二股だなんて……」

「いやだから嘘」

「もう別れるしかない……ケイジとはもう別れるしか……やだどうしようショックすぎて吐く……」

「人の話を聞け！　静江も自分で解決しろめんどくせー！」

腕をふりほどかれた静江さんは、舌打ちすると、私の背中へと回りグイグイ押してくる。

「シノちゃん、さぁどうぞ。さっき約束したわよねっ、弟くんに言ってくれるって」

「エっ、やっぱり私が言うんですか……!?　ていうか付き合ってるっていうのはァ……!?」

「もうその話題終わりだから、しつこいから」

エーエー……。疑心暗鬼にされるだけされて終わった。

近づいてくる弟に、しぶしぶと言葉を紡ごうとした時。

「お姉ちゃんには関係ないだろ！　そこどけよ！」

キャーーー。あの可愛かった弟に反抗された……！

弟がこの世に生まれてから、姉にこんな攻撃的な態度、一度だって取ったことなかったのに。

もう既に心は折れたが、ふれー、ふれー、しーのーと背中越しに聞こえる静江さんの応援という名の脅迫に、撤退は許されない空気を感じ取り、再び気力を取り戻した。

——ええい、弟よ！

「な、なんでこの場所わかったのさ……？」

「つけたから」

「つ、つけ？」

「つけたから。正面からじゃ会ってくれないと思って、ベランダよじ登った」

「そ、そっかぁ……つけたかぁ、そっかぁ」

うんうんと頷いて、

「と、いうことらしいです」

報告した。

「だからなんなのよ！　シノちゃん、さっきからふざけてるの⁉」

エーンだって〜〜。肩をがしがし揺さぶられる。

もう半ばやけくそ気味に、再び口を開く。

「そんなストーカーみたいな真似《まね》、今すぐやめるんダー！　あと女が別れたいって言ったら別れロー！」

「あのさあ……お姉ちゃんもケイジくんとよく別れてるよねぇ、お姉ちゃんから切り出して」

ぎくりと肩を震わす。

「でも結局すぐヨリ戻してるよね⁉　何が女が別れたいって言ったら別れろだよ、矛盾しすぎだよ！　ほんとマトモな恋愛してないよね！　そんな人に言われても何も響かない、ウザいだけ！」

反論できないことを大声でズシズシ言われる。

あの可愛かった弟からの、ガチの怒りをぶつけられ、もう立ち直れそうにもない。

「うぅ、ケイジぃ……」

涙目になりながら助けを求めようとした先のケイジが、隣で拍手してた。

目がまんまるになる。

「ちょっ……。なぜ拍手……どっちの味方なの……!?」

「いやー俺はどっちかっつーと弟だな。静江も逃げてねーで話し合えってことだ」

「ハアアアア!? 彼女のことをこんなぼろくそに言ってくるクソ野郎の味方をするの!?」

「クソ野郎!? 弟のこと!?」

ぽろっと一筋の涙が流れる。

「……………ひどい……ひどいよケイジ……信じてたのに……」

何があっても彼女を守ってくれるのが彼氏なんじゃないの……?

もうこんなんじゃだめじゃん……やってけないじゃん……。

この長い年月、ケイジと付き合った意味はなんだったのだろう。そう思うと、一気にぶわぁっと涙が溢れた。

「もう、もう、別れてやるぅぅうーーーー!」

「オイィイなんで静江さんの別れ話に巻き込まれて、こっちまで火の粉とんできたんだ！　てか弟が言うそのとーりじゃねーか、さっきからすぐに別れやがって！」

「だってケイジが私の味方をしてくれないなんて、存在価値がもうないじゃん！」

「おまえまじでちっとも反省してねーな！」

「反省とかじゃない！　私は今のこの感情を大事にしたい！」

「それ大事にしちゃだめなやつ！」

弟と静江さんの件なんてどうでもいいくらいヒートアップしていく。

弟は、自分が原因で姉カップルが破局しそうな光景に責任を感じたのか、次第に青ざめていく。比例して、静江さんは額にがっつり青筋を立て、わなわなと震えていた。

「うわーん、ケイジのばかあほまぬけ変た」

「だあああああーーーもうあんたたちうっさい！」

怒号が辺りに響いた。ハッスル全開だった現場は一瞬にして静まり返る。

「主題はあたしと弟くんの別れ話でしょうが！　なんであんたたちが別れ話してんのよ、このバカアホ間抜けバカタレ！」

叫びに叫んだあと、静江さんがゼイゼイと肩を揺らしていた。

ケイジと私はお互い見合って、照れたように黙る。

その様子を見届けてから、静江さんはふぅーと一息つくと、弟の前に睨むよう立った。

その気迫に、ごくりと息をのんだ。

次の瞬間。

静江さんは、床に両膝をつき、額を床に擦《こす》り付けていた。

「お願いします。別れてください」

つまり、土下座をしていた。

「――――ッ!?」

あの傍若無人のプライドが激高の静江さんが土下座をした。それだけで、とんでもない衝撃だったのに、土下座を止《や》める気配はない。

弟もきっとかつて一度も見たことのない静江さんの姿に慌てるが、静江さんは姿勢を固定したままだ。

「………妊娠・出産を逆算すると、あたしには時間がないのよ。だから別れて。さっさと結婚して、子供が欲しいの」

「そ、それなら、僕が就職したらすぐに結婚して――――」

「もうこれ以上待てないの、わからないの!?　時間がないのよ……！」

そう言われても弟は、悲痛な面持《おもも》ちで説得を試み縋《すが》りついたが、静江さんの気持ちが変わることはなかった。

「お願いします！　別れてください！　勝手なのはわかってる！　本当にごめんなさい！」

強く強く床に額を擦り付けていたが、静江さんはガバッと顔をあげると、眼光鋭く私達を睨みつけた。

「さぁあんた達も土下座して！」

エーッ私達もーッ。

おまえだけじゃねーのかよ。いいけど。

そうして3人土下座のかいもあってか、弟は長い沈黙の後、

「わかった……静江と別れるよ……」

と、ついに頷いたのだった。

「……僕は静江をすごく追いつめちゃったんだね……」

そう言って、泣きながら自嘲気味に笑う。

静江さんまで釣られて涙を流していた。鼻水も垂れていた。

「……あ、あたし、あたしこそっ、弟くんにストーカーの真似させるほど追い込んじゃって……」

私とケイジはそっとその場を離れた。

暫《しばら》くして長い話し合いが終わり、弟が去ると、静江さんはいつもの笑顔で「おらおら引っ越しさっさと終わらすわよ!!」と見えない鞭を再び振るい始める。

私達が慌てて動き出すのを見届けてから、自分の20代のそれとは違う手の甲をぼんやりと眺めながら呟《つぶや》いた。

「好きだから付き合うっていう恋愛をするには、もうあたしは歳を取りすぎたわねえ……」

そうして無表情のまま、再び引っ越し作業を開始するのだった。

＊　＊　＊

「はーもう散々だった～～疲れたぁ～～」

静江さんの引っ越し作業のお手伝いも終わり、無事解散。

夜遅いため、私はケイジの家に泊まることにした。

お泊り用に置いてあるルームウェアを着て、セミダブルのベッドに包み込まれながら、本日の感想をぽろりと吐く。

「それ言うなら、またシノに別れ話された俺が散々だったわ」

ウッ……。

隣で同じく寝転んでいるケイジにちくりと言われれば、言葉も詰まる。

「えへへ～その～なんだろ、ケイジもあっさりと別れに応じてくれるから別れやすくて……言いやすい的な⁉　こう、弟みたいにしつこく食い下がれば、私たちは別れることもないかもしれない気がしなくもない、というか」

「この頻度で毎回食い下がってられるか！　つーかそもそもシノは口癖のように言いすぎなんだよ。それぽんぽん言っていい言葉じゃねーからな……！　反省しろ」

「……そ、それはわかってるんだけどさ………ウゥ……」

なんかつい言っちゃうんだよね……直さなければとは思ってはいるんだけども。

静江さんと弟のように、戻らない別れだってあるのだ。

本当に気をつけよう。今日はいい勉強になった気がする。

「まー、シノに傷つけられるのは日常茶飯事だからなー。わがままだと思って受け止めることにする」

ため息混じりにそう呟かれれば、思わず眉間《みけん》に皺《しわ》が寄る。

「ちょ……！　私だって昨日、ケイジの重い発言に気を失いそうなほど傷ついたんだからね！　今でも思い出すとショックで吐きそうになるオエ～」

「じゃあ痩せりゃいいだろ。……いや痩せても人間の体重だし、どっちにしろ重いか？」

ケイジが私の脇腹をつまめるかチェックしてきた。

しばしの沈黙後、驚愕の眼差しでケイジを見上げた。

「う、うそでしょ……。重いってまさか物理的な？　メンタル面でなくて⁇」

「全体重で腕摑まれてたから重かったなアレは」

「ちょっと～やめてよコントじゃん～～あはははは……。体重が重いってなに⁉　乙女《おとめ》に向かって失礼じゃない⁈　ひどい！　もう別れる――――」

ケイジの顔が露骨に引きつった。

私はハッとして、すぐにキリッと表情を引き締めた。

「――ことはない！　別れることはない！　うん、よしセーフ、あぶないあぶない……」

「アウトだ‼　言ってるそばからおまえ……」

「うそうそ、今のうそ〜〜。なしでお願いします〜〜」

ぴゅーんと逃げるよう布団に潜り込んだ。

次の瞬間、ケイジによって布団がばっさぁと剝《は》ぎ取られていた。

「口癖になってんなまじで」

「直す直すって！　寒い寒いお布団カムバック」

ケイジのしらけた表情は暫く続きそうだった。

寄り添うように身体をくっつける。

「………じゃ、じゃあ、私がメンタル面で重くても気にならないってこと……？」

気になったことをこっそり聞いてみる。

私はめちゃくちゃ重い。

重いがゆえに、感情の揺れ幅も激しくて、傷つくとその反動で極論を出してしまう。

とても、たちが悪い。

「俺は、シノが重いほうが嬉しいからなあ」

さらりと、全てを受け止めてくれるその言葉に、顔が思わず緩む。嬉しい。えへへ
……。

「てか寒い！　そろそろお布団に入れて！　はやくはやく入れてー！」

嬉しいけど寒さには勝てなかった。

お布団を奪い返そうと手を伸ばすと、ケイジは体勢を翻し、私の手をとり、布団とともに覆い被さってきた。ぎしりとベッドが軋《きし》む。

「……え」

「なるほど、入れて、ねえ」

覆い被さりながら、ケイジが意地悪そうに笑う。

「……え？　なに、え？　お布団に入れて」

「そう何度も入れて入れて言うなよ、仮にも女子が」

「……うん。……えっ、うそやばい。そうゆう意味ではない。なんで

いきなり下ネタになるの気持ち悪いよ頭大丈夫？」

　ぼろくそだった。

「長く付き合ってシノも変わったよなぁ。昔だったらこんなふうに誘ってこなかったし」

　やばい聞いてない……。

「まあつまるところ、我慢できなくなった」

「がま……！」

　や、やだぁ。ストレートな言いぐさに、恥ずかしくてつい照れる。かあぁ〜〜。

「でも私疲れてるからナシ、ムリ、伏せ！」

　しかし反応とは裏腹にあっさり拒否した。長年付き合ってるとこんなものである
（？）

　ケイジがぐっと拗《す》ねたような表情になり、覆い被さるのをやめ、隣にごろんと寝転ぶ。

「いい犬だなー俺も。シノの言うことは自分押し殺して基本なんでも聞いてる……あー俺最高」

自分を褒め称《たた》えたあと虚《むな》しくなったのか、無言になる。その姿を見て、可愛くてときめく。再び寄り添うと、ケイジが恨めしそうに見てきた。

「飼い殺しっすか」

「じゃなくてー……」

その先を言うことはなく、目線を配ると、ケイジは大きくため息をついた。

「………。ほんっと俺を振り回すなおまえは……！」

先程と同じように軋むベッド。

とても愛情を感じるキスが落とされる幸せを感じながら、ケイジの背中へと手をまわしていった。


けれど、人の気持ちは絶対じゃない。

この時の能天気お花畑の私は、ケイジの優しさにとことん甘え、気持ちの変化に気づくことは全くなかったのだった。

2章　ゆかいつうかい同窓会

気づけば社会人。

3軍を地でいく私は、就職した会社でも、特に華のない事務業務を目立たず角立たぬようやりながら、今日もまた生き抜いていた。

朝礼では、自分より年上の女性社員の結婚が発表されていた。オフィス全体に拍手がわき起こり、隣に立つ会社の後輩が、壊れたおもちゃのように手を叩《たた》いている。

「はぁーうらやましいですぅ。そういえばシノ先輩って彼ピいるんですかぁ？」

「ウン」

さらっと返事すると、後輩が大層びっくりした顔をした。

「うっそ、嘘《うそ》ー嘘ー。本当？　嘘？　嘘の3乗なんですけど〜。どれくらい付き合ってるんですぅー？」

どんだけ疑われてるのか。

「本当だから！　7年付き合ってますから……！」

「え〜〜長い〜っ。うわぁそうなんですねぇ。てっきりシノ先輩って彼氏いないと思ってましたぁー。飲み会にも顔出さないし、ミステリアス（笑）って感じでプライベートト見えないですしぃ」

私には（笑）が見えたが。

でもそっかぁ7年かぁ。ケイジと付き合って7年ちょい。改めて長いなぁと思う。

「じゃあ先輩、そろそろですねぇー」

なにが？　と疑問符を浮かべていると、後輩がニヤけた顔で答えてくれた。

「またまたぁ。結婚ですよぉけっこん♡　7年も付き合ってるなら、そろそろしますよね」

「…………」

結婚。――――結婚！

「あの～……どう思ってるのかなァなんて？」

週末。会社で起きた出来事をきっかけに生まれた疑問を、自室のベッドに寝そべりながら、同じく隣で雑誌読みながら寝そべっている彼氏のケイジに尋ねてみた。

「なにが？」

「や、だからさ。ほら私達って、お互い社会人にもなりまして、金銭面でも余裕が出てきたし」

相槌《あいづち》を打ちながら雑誌を読み続けるケイジを、横目でちらちら見る。

「つまり私との、その……」

いつ頃、結婚したりするのかなー、なんてー……。

今すぐとは思わないよさすがに⁉　けど会社の後輩に言われたもんだから、意識がね！　ちょっと向いてきたというか！　静江さんも結婚を考えてあれこれあったし。もちろんお互い結婚の意思があるのはわかってるんだけど、言葉にして欲しいし、なんなら予定を詳しく立ててというか〜。こ、婚約とか……？　キャー。……あらやだ私めっちゃ重い？　自覚してるしてるぅ。

ごにょごにょ言いかけたところで、ケイジが自身の視界に入った腕時計の針位置を確認し、勢い良く身体《からだ》を起こした。

「うお、やべ。もうこんな時間じゃねーか。喋《しゃべ》ってる場合じゃねーぞシノ、遅れる！」

「え、なに、え、なにに？」

椅子に掛けてあったジャケットを慌てて取り、袖を通すケイジの様子に、結婚話は自分の脳内からも飛んでいった。

「なにって、これから同窓会だろ」

「アッ。そっかそっかぁ、やだぁー忘れてた」

私も準備しなきゃ〜。エヘへすごい楽しみー。

懐かしい旧友に会える嬉《うれ》しさで、思わず笑みが溢《あふ》れる。溢れたままケイジに尋ねた。

「同窓会ってなに？」

「……？　え？」

「だから、誰の同窓会だって？」

表情を変えず問い続ける私に、眉間《みけん》に皺《しわ》を寄せるケイジ。

「は？　俺らの高校の」

「だよねー」

うんうん、と頷《うなず》いて、

「私達の同窓会がいつあるって？」

「おまえさっきから言ってることおかしいぞ」

「おかしいのはケイジだよ！！！！」

大憤怒した。

「どうしてケイジが今日、高校の同窓会があること知ってるのさ！　同じクラスだった私は今初めて知ったのに！」

　悲鳴のように訴えれば、怪訝《けげん》そうな表情で答えられた。

「いやいや友達伝いで同窓会お知らせメール大量にきてたろ。結構前に。【メール届いた人は、同級生に転送してください】って伝令とんでたし」

　携帯端末のメールボックスを急ぎ確認したところ、１００億円が当たったという人生大転換☆　メールしか届いてなかった。一気に頭の天辺《てっぺん》から足の爪先まで全身から汗が噴き出す。冷や汗をかきながら、おそるおそる口を開いた。

「私、きてないんだけど……同窓会の、案内……」

　ケイジは鼻で笑ってくれた。

「んなわけねーだろ、クラスの垣根越えて声かけまくってたぞ。規模でかそうだし」

「そうだよね!?　私、他クラスに友達いたし、案内メールきてるはずだよね!?」

しかしメールにはそのような痕跡《こんせき》はなかった。

　つまり。

「そもそもさ、同窓会なんてものはないんじゃないの……」

それはもはや希望だった。

「……くっ、なんて不憫《ふびん》」

ケイジが目を覆う仕草をする。

「ちょちょ……またまた、もーやめてよ。私だけ誘われてないとかさぁ……そんなんありえる？」

問いかけても答えてくれない。

「もしかしてドッキリかもよ!?　ケイジはめられてるのかもよ!?　同窓会に行ってもさ、ひとっこひとりいないかもよォ……。えー、行く？　私は行ってもいいよ？　ケイジが傷つくだけだと思うけどね！　じゃあ行こうよほら念のため。きっと人はいないと思うけどねー。アハハ〜〜」

自信満々で着いたイタリアンな貸しきりレストランの同窓会会場は、かつての学友で溢れ返っていた。

夕暮れ時の開催だったこともあり、夕日とともに、より私への哀愁がマッチングしてくれた。

「くぅ」

ケイジが目頭を手で押さえる。

「な、なんで私だけ、同窓会の案内がきてなかったの……」

皆、着飾っていて、この日に備えて気合いを入れていらっしゃってた。

準備も何もなかった私は、ファストブランドでセール購入した1枚2000円以下のワンピースを着こなし、呆然《ぼうぜん》とその場に立ち尽くすしかない。

ケイジは、うーんと考える動作をしたあと、

「そりゃ嫌われてるか、忘れられたんじゃねーの？　ほら存在感がなかっ……」

話してる最中、私の、眼球を剝《む》き出しにし顔面の血管を浮き上がらせ憤怒かつ哀愁が混ざりあった形相を見たケイジが、捲《まく》し立てるように喋り出した。

「ま、またはシノには誰か連絡するだろと思ってみんながみんな見合った結果、案内メール届かなかったとか。ほらその証拠に、俺もシノにはてっきり友達が連絡してると思って、声かけてなかったし！」

「そ、そっか。それだ——！　なぁんだ、じゃあ仲良かった子に声かけてくるね。わあーみんな大人になってるなー、今どんなお仕事してるんだろーウフフ」

意気揚々と友人を探し始めると、すぐに見覚えのある女の子ふたりを発見した。

化粧をガッツリし、当時と容姿は変化しているものの、高校2年で一緒だったこのふたりとは、ばか騒ぎし、よく笑いあってたものだ。

「おーい、久しぶりー」

私が手をふると、ふたりは一瞬目を合わせた。

「私だよーシノだよー。元気だっ……」

そして近づく前に、スゥ～と去ってった。

「あれ……」

「シカトされたな」

背後にいるケイジが、冷静かつ呆然とその光景を見ていた。

「……や、ヤダ～。ひょっとして人違いかも。みんなキレイになってて、間違えちゃったみたい」

気をとり直して次、次！　とキョロキョロ周囲を見回す。バイキング形式で出されているケーキをお皿に載せ、談笑している女子集団がいる。高校1年生の時に仲良かったグループだ。

「みんな、久しぶりー」

ニコーッと笑顔で声をかけたら、女子たちは「や、ヤバいシノだ！」とか言いながら、ササーッと去っていった。

アレ……。

背中に突き刺さるケイジの哀れみを含んだ視線。

「ま、また知らない人だったのかな？　うふふ……。こんなの嘘だー！　オーイみんな!!」

ぶんぶん手をふって近づくと、友人だった方々は悲鳴をあげて去っていった。

「おまえ、なにしたー!?」

ケイジに思いっきり疑いの眼差《まなざ》しを向けられ指さされる。

「し、してない。何もしらない」

「ぜってー何かしたろ！　なんだあの統率のとれた散り方!?　俺には嘘つくなよ……大丈夫、シノの悪事は受け止めてやるから……一緒に警察に謝りにいってやるから！」

何もしてないっつーの！　と悲鳴のように叫び、挙動不審に周囲をキョロキョロ見回す。

嫌われるようなことした覚えはサッパリないんだけど……。連絡は確かに数年とってなかったけども……。

なぜ……⁉

ただただ戸惑っていると、けらけらと笑いながら、アシンメトリーのウルフヘアで、特徴的な猫目を持つ男が、こちらに向かって近づいてきた。

「ははっうける。朝倉さんマジないわー」

私の狼狽《ろうばい》する姿がさぞ愉快なのか、お腹《なか》を抱えながらの登場だったが、ケイジ以外で唯一逃げないでいてくれる存在の彼には後光すら見えた。

「き、聞いてコウヘイくん、みんなにシカトされてる！　むしろシカトの域を越えコントのように避けられてる」

説明しよう！　コウヘイくんとはケイジの親友で、高校時代は尖《とが》りすぎてて私のことも胸くそ悪いイジリをかましてきたが、今ではそれなりに交流もある男の子である。

ズボンの後ろポケットから取り出した煙草《たばこ》を口にくわえ、コウヘイくんは、ふぅーと煙をはいた。

それから、細くなっている猫目をさらに細め、悪戯《いたずら》っぽくこちらを見てきた。

「……ねえ、怒らない？」

とても嫌な予感がして身構える。案の定、予感は的中した。

「実はさ。ほら、一時期、俺と朝倉さんがイイ仲になったことあるじゃん」

え……。あった？　そんな時期。

「俺が告ってさー、朝倉さんもまんざらでもなくてさ」

え……。あった？　そんな私。

ケイジが真顔で私を見てきた。

「ほう。その詳細はあとでシノにたっぷり聞くとして」

「なぜこの見え透いた嘘を鵜呑《うの》みにするのか⁇」

明らかな嘘を信じられて憤慨するが、誤った歴史を訂正することもなくコウへイくんは続ける。

「でもこの俺が朝倉さんに告白とかないじゃん。相手が美人女子大生とかならともかく、朝倉さんにだぜ？　ありえねぇっつー惨めさなわけ」

「え……ウン……」

力説されてる内容に、すごく疑問を感じながら相槌を打つ。

「だから、朝倉さんに今ストーカーのごとく狙われてて俺困ってる〜ってみんなに広め」

言い終わる前に、問答無用でケイジがコウヘイくんを蹴り飛ばした。

「痛《い》ってぇ、てめぇなにしやがる！」

「こっちのセリフだマジで！　ひとの彼女に勝手に好かれてるんじゃねぇ!?」

「減るもんじゃないしイイじゃねぇか。ねちねちうっせぇな！」

「いいわけあるか！　なに逆ギレしてんだおまえ！」

ふたりのケンカを半目で傍観する私。

――ハッ!?　てことはコウヘイくんの気持ち悪い嘘のせいで、私がケイジと付き合いながらもコウヘイくんをストーカーするアバズレビッチだから、皆に避けられたということか!?

……？　えぇ、そんな理由で避けるぅ？　社会人にもなってぇ？

謎は解けず、ますます困惑していると、

「ところで紹介したい女がいるんだけど」

ケンカを切り上げたコウヘイくんが、ある人物の名前を大声で呼んだ。私はその名を聞いて反射的に固まった。

ぴっとりと、コウヘイくんの隣に寄り添い現れた女の姿に、驚きすぎて声も出ない。

忘れることは一生ない、彼女の存在。

相変わらず長く派手な金髪と、昔より濃くなった化粧、更にふっくらした体格は、威圧感も迫力も恐怖も増加させていた。悠然と笑みを浮かべながら、

「――朝倉さん、久しぶりじゃん」

かの女帝様は現れたのだった。

――説明しよう！　女帝とは、高校時代、私がケイジと付き合ったことがきっかけで、通りすがりに死ね！　って言ってきたり、私の机にゴミのっけてきたり、皆の前で怒鳴ったりハブったり、バイキン扱いしてきた恐怖のいじめっこ女王様なのだ。

コウヘイくんは女帝の肩に手をまわし、にっこり笑った。

「今、俺ら付き合ってんだよね」

いじめっこカップル爆誕という不吉すぎるフレーズが脳内を占領する。

コウヘイくんに甘くしなだれかかる女帝が、全身バイブレーション化している私に向かってニコッと微笑《ほほえ》んだ。

「やだ、そんなビビらないでよぉ。もうオトナなんだからお互い昔のことは水に流そうよ♪」

まさかの優しい言葉をかけられ、目を見開き驚いた。

「でも昔のことは、朝倉さんが悪かったよね。人の彼氏を奪っちゃだめじゃん。そこは朝倉さんが悪いよね」

水にちっとも流せてねー。

だが！　高校生の私だったら、何も言い返せなかっただろう。しかし月日は流れ今や立派な社会人。

それなりに社会に揉《も》まれた私は、子供だった頃の私とは違うのだ。

「……い、いえいえ。あの時、私は、ケイジに彼女がいたとか知らなかったし、ケイジも別れたと思ってたみたいで、他人の彼氏を奪ったつもりはないんですよね〜」

言い返してやったぜー！　ヒュゥ〜〜。と内心浮かれていたら、女帝の表情からさっと笑顔が消えた。

「って思ってたけど大人になった今は考えが正常化して、全面的に当時の私が悪いって思っております無知は罪一択でございます申し訳ございませんでした」

恐怖のため自分の悪事（？）をあっさりと認めたのだった。

月日経《た》っても女帝は怖いんだよばかーーー。その答えに満足したようで、女帝に笑顔が戻る。

「仲直りしたみたいでよかった」

コウヘイくんが何ひとつ理解してないクソ発言をかましてきた。

「んでなんで朝倉さんが避けられてるかっていうと～。朝倉さんが俺に手を出してきたじゃん？　だから女帝が怒って『朝倉シノがもし現れたら、私がシメるつもり』って話してたんだよね」

なるほどー。そりゃ皆、関わりたくなくて逃げるわ！　つまりおまえが原因じゃねーか。憎しみしか湧かないわい。

「シメるっていうか人となりを見極めたかっただけなんだけど、朝倉さんも反省しているみたいだし安心した。これから仲良くしようね」

昔は鬼か悪魔か化物かっつーくらい怖い大魔王的存在だったけど、今はそう言って、とても優しく笑いかけてくれる女帝。

謝罪したおかげでこれなら、もう何百万回でも謝罪できる。謝罪ばんざーい。

女帝は、私とケイジの姿を交互に値踏みするよう見つめてくる。

「ねえねえふたりって、まだ付き合ってるんだよねぇ」

「あ、はい。7年ほど！」

「へぇー……結婚はしないの〜？　あたしたちは付き合いたてだから、結婚したいねって話ばっかしちゃうんだ」

「あはは、わかります。付き合いたての時ってしちゃいますよね」

一生懸命明るく楽しく相槌を打つ。

「え〜余裕を感じる〜。あたしたちより長く付き合ってるから、現実見てますみたいな、ちょっと上から目線」

「……エッ⁉　そんなことは……。こ、この年齢だと結婚はまだ早いカナーって思ってるだけでして……近年は晩婚化も進んでいますし」

「はァ？　あたしは今すぐにでもコウヘイと結婚したいけど、否定するんだ？」

女帝の目が物凄《ものすご》く鋭くなった。

「い、いえ……私とケイジが早いというだけのお話で……」

「じゃあ勢いあるうちに結婚したら？　長く付き合えばいいってもんじゃないし自慢

にならないよ。別れるカップルも多いし」

「その通りでございます、ご丁寧なアドバイスありがとうございます」

全面同意である。

「あたしたちは今年中に籍だけは入れるつもり。どうせ結婚するなら早いか遅いかだけの違いだし」

「え！　結婚するんですか⁉」

思わず声が大きくなった。隣にいたケイジも驚いてる。

女帝の隣で、コウヘイくんは微笑んでいた。

「お、おめでとうございます……。女帝さんとコウヘイくんが付き合ってると知った時は驚きましたけど、結婚なんてさらに驚きでおめでたいというか……！」

女帝の眉間に皺が寄る。

「え、うちらが付き合うなんてありえないから驚いたってこと？」

「⁉　い、いえ、そ、そうでなくて意外だったということで……」

「意外？　不釣り合いってこと？」

「い、いえ、そうゆうことでもなく……。すごくお似合いでびっくりしただけでですね……」

「はああ？　いじめっこ同士でお似合いってこと？　馬鹿にしてんの？」

やべえ会話の相性悪すぎだこれ。

否定するため、必死にぶんぶんと両手をつるほどふった。

「ぜ、善良の塊のようなふたりだと思ってますもちろん！　善良すぎるので、コウへイくん含め、是非仲良くさせてくださいねっっていう！」

私の必死の叫び虚《むな》しく、地雷を踏む音がした。

「ハァー!?　あたしとコウヘイが付き合ってるの知ってて、仲良くすんの!?」

もう地雷の爆発はとどまることを知らなかった。

なぜ、そうなる……！

女帝は長い髪をかきあげて私を睨《にら》みつけてきた。

「あのさぁ、朝倉さんと仲良くしたいから黙ってたけど、そんなにケンカ売ってくるなら聞くわ」

売った覚え全くないです！！！　という私の心の叫びが伝わることなく、女帝は続ける。

「朝倉さんってコウヘイのこと、なんでストーカーしてたの？　ケイジくんいるのに」

「……い、いえ！　それはコウヘイくんのでたらめな嘘で……」

「は⁉　人の彼氏を嘘つき呼ばわりするんだ？　ありえないんだけど」

「……」

もうありえないから沈黙するしかなかった。

「朝倉さんって、長く付き合うと他の男に目いっちゃうんでしょ？　他人の彼氏盗《と》る趣味してるもんね」

「ええ、そんなビッチな趣味はな……」

「さっき認めて謝罪したじゃん！　嘘だったわけ⁉」

そうだった、さっき悪事認めてたし謝罪もしてた。くぁーー。

「で、でも私はケイジ以外の人を目で追いかけたことも、付き合ったこともないですし、これからもそのつもりはないので！」

必死に必死に自分の弁護をすると、女帝はわかってくれたのか、口の端を少しつり上げ、微笑んだ。

誤解がとけた？　……と思った次の瞬間。

「自分は一途《いちず》でピュアですって？　ウケるー。何人も付き合ってたあたしを馬鹿にしてんの？」

もはや何を言ってもキレられるんですけどーー！

ケイジ助けてくれーー!!　と、隣にいるはずのケイジに目線を動かしたところで、ケイジがトイレに向かう後ろ姿が、遠くに見えた。

なんでタイミングよく尿意を催してんの⁇　絶望〜。

「おまえ朝倉さんいじめてんの？　殺すよ？」

絶望しかけたところで、全ての元凶のコウヘイくんが、間に入ってきた。

女帝が一瞬にして柔らかな表情で場を取り繕い始めた。

コウヘイくんの前では、乙女《おとめ》な顔だ。

今がチャンスだとばかりに、私はすかさず声を潜めて喋りかけた。

「ねえねえねえ、あなたのついた嘘を女帝にだけでも訂正してくれるかな……！」

「え〜？　俺のプライド……」

「会話の相性悪すぎわろたすぎるの、ほんと助けて！」

そしておまえのプライドなんざどうでもいい。

私の切実な願いに心が痛んだのか、コウヘイくんはしぶしぶと承諾してくれた。

そして、肩にもたれかかる女帝に向けて、

「朝倉さんは俺のこと好きじゃないよ。あれ、俺が言った嘘だから」

ようやく真実を伝えてくれたコウヘイくんに、うんうん頷《うなず》く私。

「朝倉さんがじゃなくて、俺が朝倉さんを好きだったんだよね」

うんうん頷く私。

……ん？

沈黙、のち、汗とともに噴き出す焦り。

ハギャー！　言いおったー！　このバカー！

「ね？　朝倉さん」

にっこりと微笑むコウヘイくん。

「ばかばかばか何言ってるのねえええええ」

思わずコウヘイくんの襟首を摑《つか》みあげる。

「訂正しとかなきゃって俺なりの反省？」

「えええええ空気よんでえええええ空気よんで!!」

「よんだよんだー」

嘘だ、この男は、絶対楽しんでるだけだ！

「お互いイイ雰囲気だったことはあったかなー。ねぇ？ねぇ？　じゃねーよ！　ねーよ！！！」

女帝の顔真っ赤だし、血管うき出てるし！　ハワワワワ。落ち着いてー落ち着いてクダサーイ。同窓会ですよ楽しみましょー、と声にならない願いを叫ぶ。

「ちちち違うんです。「わ、わわ私はほら、ケイジと付き合ってるし、コココウヘイくんとかどうでもいいので……」

慌てて女帝に向けた言い訳をすると、

「あ？　どうでもいい？」

今度はコウヘイくんがキレた。

嘘だろう？　さっきまでニコニコしてたのに面倒くせー。いじめっこふたり、面倒くせーぞこれ！

「どどどうでもよくはないよ……。もちろんコウヘイくんは私にとって大切なお友達で……」

「はあ⁉　大切ってどうゆうこと⁉」

ご機嫌取りしてたら、今度は女帝が怒った。逃げ場がない。

「い、いやつまり――――」

背中は汗でぐっしょりだった。

もうだめだボコボコにされる社会人になってもボコボコにされる……！

呼ばれてもない同窓会になぜきてしまったのか、心の奥底から後悔していた。

その時。

「ま、そうゆうことだからさ～。別れよ」

コウヘイくんが、あまりにさらりと告げていたので、一瞬、なにを言ったのか理解できなかった。

「え……？……⁇」

混乱する女帝、そして私。

「ん、わからねぇ？　もうおまえには隣に並ばれるのも嫌だから、さっさと消えてくれってこと」

そう言ってコウヘイくんは、肩に寄りかかっていた女帝を振り払うと、あとは面倒くさそうに携帯をいじり始める。すると、すぐに私の携帯にコウヘイくんからメッセージが届いた。

『女帝のこと飽きてたんだよね。別れたくて利用させてもらった♪　結婚迫られて無理無理ー。ありがとー』

いやありがとーじゃねえ。

てめこらコウヘイ。ありがとーじゃねえぞ。おい。おい……おい……。なんだこの最低な理由……。

端末画面を凝視していたが、ただならぬ気配を察し、恐る恐る顔をあげる。

目の前にいた女帝の顔が般若《はんにゃ》化してた。

「いやあの……。待って！　違う、これはコウヘイくんが気が狂ってるっていう性質の為せる業《わざ》で――そうだよねコウヘイくん！　アレいない⁈」

クソ豚野郎コウヘイくんはさっさと立ち去っていた。

目に涙を浮かべた女帝が、バァアンッと強くテーブル叩く。震え上がる私。

「やっぱ人のものに手出す癖、直ってないじゃん！」

ヒィ。

女帝との和解は永遠にできない件に、100億円賭《か》けれるって思った。


「いやあのな……」

私は、トイレから戻ってきた役立たずケイジに事のあらましをお伝えすると、役立たずは引きつりながら答えた。

「——おまえ、俺がトイレ行ってる数分で、なにいきなりトラブル起こしてくれてるんだよ⁉」

「起こしてるわけじゃない！　事故！　全てコウヘイくんの嘘のせい！」

役立たずレジェンドであるケイジに、そう反論する。

「命からがら女帝から逃げ出したんだから私……！　そもそも役立たずは私のサンクチュアリ〜聖域〜としての自覚あるの⁈　いっつも助けにきてくれないけど」

「いや助けにいけるか！　しかも勝手に聖域認定すんな！　ていうか役立たずってなんだこのヤロウ⁉……あのさぁ朝倉さん。お願いですら、たまには落ち着いてくださいよ……頼むから……なんでそんなトラブル起こしたいんすか……」

「だから私が原因じゃない……！　あーもう同窓会なんてくるんじゃなかった。友だったもの達（過去形）には避けられるし、コウへイくんは狂ってるし、女帝怖いよーウワーン、まともな人間がここにはいない！　私もう帰る！　役立たずとも別れるしかない！」

「そうだな帰れ帰れ……ってついでに別れてんじゃねー！　その口癖直せ！」

様々な人間に憎しみを抱きながら、自宅という安全地帯に戻ろうと決意を固めたところで、

「えっ、シノちゃん、帰っちゃうの？」

ケイジの隣の隣のそのまた隣に座っていた女の子が立ち上がり、そう言った。

小柄で華奢《きゃしゃ》、さらさらと流れ落ちるような綺麗《きれい》な長い黒髪が、お伽話《とぎばなし》のかぐや姫を彷彿《ほうふつ》させるような女の子だった。

なので、そのまんま、

「カグヤちゃん」

高校時代から、そう呼んでいた。

「やだぁ帰らないで」

カグヤちゃんが私をひきとめようと、抱きついてきてくれた。きゃあ可愛い。しゅごい、この可愛さ。ときめきMAX。デレデレェである。

説明しよう！　カグヤちゃんとは高校3年の時ぼっちだったクラスでできた、唯一のお友達なのだ！

「うっわ、おっさんくさいよシノちゃん……。鼻の下伸びてるし……」

カグヤちゃんに続き、引き気味な声を出し現れたのは、ふわふわした栗色《くりいろ》の髪に目鼻立ちがはっきりとした——つまるところ、顔◎、スタイル◎、性格◎の、まるで王子様のような男の子。

「徳川《とくがわ》くん……徳川くんじゃん、懐かしい！　ぎゃー光輝いてて相変わらず眩《まぶ》しい……」

「いえーい、シノちゃん、久しぶり〜〜そうだろ光輝いてるぜー」

両手でハイタッチする。

説明しよう！　徳川くんはカグヤちゃんの彼氏で、高校時代はケイジを抜かせば一番仲の良かった男子だ！　でも徳川くんは誰とでも仲良かったので、別に彼にとっての一番は私ではない。この片思い感……。

私とケイジを交互に見ながら、カグヤちゃんが微笑む。

「ふふ嬉しい。シノちゃんとケイジくんも、ずっと付き合ってるんだね」

「いや、俺たちは結構別れてるぞー。どこぞの誰かさんがケンカすると、すぐ『別れる』って言うからな……」

ケイジは即答しながら、ジト目でこちらを見てくる。うぐっと身を縮こませる。

「それは女の子あるあるだよ〜」

可愛いカグヤちゃんのフォローに、すかさず私も縮こまりを解除し、続く。

「そうだそうだー！　そこは私も反省してるところなの！」

「おまえの反省は刹那《せつな》的なものだろうが……！」

ケイジの話が聞こえないように、嫌々と両耳を押さえてかぶりをふる。このやろうとかなんとかケイジが後ろで言っていた。その様子を、徳川くんが微笑ましそうに見守る。

「変わらないねぇ、ふたりのやり取り」

「……エへへ、そう？」

なんだかくすぐったい気持ちになり、思わず照れる。

「そう。シノちゃんという我儘《わがまま》鬼畜に、ケイジくんが心を蝕《むしば》まれ搾取《さくしゅ》され耐え忍んでいるやり取り……変わらないねえ。ケイジくんに長年お疲れ様ですってハグしてあげたくなるよ……」

「ちょっとー、ハグとか浮気なんだからね！」

「もっと他に言うことあるだろ……！」

ケイジのツッコミにハッとする。

「……そうだったね！　そういえばカグヤちゃんは今なんの仕事してるの？　私ったら、大好きなカグヤちゃんの今を何よりも先に質問しないなんて人生最悪のミス〜」

「それでもねーよ！　いやもういいわ……」

「長年お疲れ様……」

徳川くんとケイジが欧米ばりにハグしあい出した現場を見て、私はヒエ〜と吐き気をもよおすのだった。

4人で乾杯し、一口飲んだあと、話は続く。

「私は某ブランドのBA……ビューティーアドバイザー」

高校時代から、お化粧ばっちりなカグヤちゃん。

百貨店のコスメフロアで働いているイメージはすぐに浮かんだ。

「憧れてたお仕事だったんだけど、超怖い先輩がいて、新人いじめしたり、お客様を裏で『肌汚いから触りたくない』とか『ブスの接客はしたくない』とか陰口言ったりしてて……」

「ひっBAさん怖……。もう行くのやめよ」

「あ、その先輩だけだよ。私はそんなこと思わないし、皆が皆そうじゃないからねっ」

思う人もいるということでは……。より恐れおののいた。

カグヤちゃんが弁明をいくら繰り返しても、私の気持ちはもう戻らないのであった。完。

「とにかく、その先輩が超怖くて、ひたすらヨイショ＆イエスマンの毎日で、さっさと結婚してやめたいなーって思っちゃう……」

まるで先程の女帝のような先輩を想像して、自分のことのように震えた。

カグヤちゃんは、男性陣が別の話題で盛り上がっていることを確認してから、私の顔を覗《のぞ》き込み、小声で不安げに尋ねる。

「けど、結婚の話を持ち出して、徳ちゃんに少しでも嫌そうな素振りされたらと思うと怖くて……。男の人にとって結婚って相当重いものだし」

「えぇ～？　徳川くんなら『僕は結婚前提に付き合ってたんだけど？』ってさらっと言いそうだけどな。確かにさっき、コウヘイくんは、結婚迫る女帝を無理無理ぽいってしてたけどさ」

その名に、カグヤちゃんがぴくりと反応する。

「コウヘイ。……あの男って昔からそうなんだよね。くだらない理由で女とっかえひっかえでむかつく。私の友達も泣かされてたことあったんだよっ……」

心底イヤそうに、毒を吐く。天使なカグヤちゃんから飛び出してきた陰口に、いかにコウヘイくんがどうしようもない野郎だか知る。

「そ、そうなんだー。でも徳川くんはコウヘイくんのようないい加減な性格じゃないし、とても誠実だし、決して長く付き合った彼女を大事にしないような男じゃないよ。そこは友達の私が保証するよ」

キリッと断言した。

まあ数年間連絡取ってなかったし、同窓会のお誘いメールももらえなかった関係の友達だけど……。

「シノちゃん……。ありがとう。すごく心強い……」

「だって徳カグは必ず結婚するって、付き合った時から私は思ってたもん」

勝手にカップル名をつけてる始末。カグヤちゃんは涙を浮かべてくれた。

「……わかった……私、結婚をする気はあるのか意思の確認だけでも、今、徳ちゃんに聞いてみるっ」

え、今！

「どうせ聞くなら今日でも未来でも一緒だし……このままずるずる付き合って結婚しない人もいるって聞くし……」

それさっき女帝さんが言ってたやつ〜〜。

言うと決意した瞬間から、緊張して手が震えているカグヤちゃんの必死な姿が、ますます可愛さに磨きをかけるので、ついつい微笑んでしまう。カグヤちゃんは緊張いっぱいの表情で、ケイジと話している徳川くんに声をかける。

そして徳川くんを連れて、少し離れた場所へ歩いていった。遠目で見ても顔が真っ赤だった。

わぁー可愛いなぁカグヤちゃん。

本当に徳川くんのこと好きなんだろうなぁ。

結婚かー結婚ねー。

……。高校の時は、好きな人がおるんじゃぁとか、彼氏ができたで候《そうろ》うとか、初エッチ致したでござる、だので恋愛トークしてたけど、今は結婚するのかしないのか決着つけんかいという、このステージがあがった感。

将来のこと考えるの早くないかなー？　と思う気持ちもあるけど、子供産む年齢なんかを逆算するとそうでもないのかな、なんてぼんやりと思う。

「カグヤと何喋ってたんだ？」

暢気《のんき》に尋ねてくるケイジの顔をじっと見る。

ケイジといつか結婚……。同じ家に住んで、朝や夜は家で一緒にご飯たべて、それでいつかはケイジの子供産んで……。ウワー現実味ない……一緒に生活する姿が全く想像でき……なくもなかったりするわけで、きっと遠くない将来、するんだろうなぁ、と思う。

と、カグヤちゃんがゆっくりとした足取りで帰ってきた。

その瞳には涙を浮かべている……。それは感動の涙に違いなかった。

「……カグヤちゃん、よかったね、おめでとう……！」

駆け寄り、拍手しながらカグヤちゃんを迎える。

感激して泣いているカグヤちゃんを、可愛さのあまり抱きしめたい衝動にすら駆られる。

「別れた」

……？

カグヤちゃんの第一声に、いったん拍手する手を止めた。

「わ、別れた………徳ちゃんにふられたエーん!!」

衝撃。

「ええぇ!?　なんでどうして?!　結婚申し込んだらふってきたの!?　そんな……まるで某コウヘイじゃん……！　誠実だと思ってたのに、徳川くん酷《ひど》い、ありえない、最低だよ、王子だと思ってたのに、あの糞《くそ》カス男ッ」

徳川くんに聞こえてるかもしれない距離で、放たれる暴言の数々。

「私が二股してたのがばれたから」

「ほんっと見損なったよ徳川くん、なんて最低な……え？」

「ばれたの」

「え？　何……？　え？」

聞き間違いかと、眉間に寄りまくる皺。……二股？　二股つった？

「まさかバレてるなんてー‼」

わぁーんって床に伏して泣くカグヤちゃん。

えぇぇぇぇ……えぇぇ……。ふ、ふたまた……？　エッ、ほ、ほんとに……？

純愛どこいったよ？　てか二股してるのに結婚したい～とかお花畑なこと言ってたっつー衝撃も。そら！　あんた！

「だってだって仕方なかったんだよ……なのに別れるなんて」

いや仕方なくないよ二股だよ？　１００人中１００人はそら別れるわーと思うよ。

「うんうん仕方ないよね……仕方ない……そりゃ二股しちゃうよぉ、うんうん」

想いとは裏腹に、口に出る言葉は、イエスマン・シノ。

可愛いカグヤちゃんには何も言えない……。

「そうだよね………そうだよね………私なにも悪くないよね……⁉」

「ど、どうかな……そうだね……誰も悪くないよ………」

露骨な八方美人ぶりに、カグヤちゃんが余計泣いた。

「…………シノちゃんにまで責められるなんて……うあぁぁぁん」

「せ、責めてはないよ！　責めてはないけどもー!!」

カグヤちゃんは号泣しながら同窓会会場を飛び出していった。

入れ替わりに、徳川くんが非常にばつが悪そうに戻ってくる。

「カグヤちゃん帰っちゃったね。じゃあ僕もこれで〜」

逃がさんとばかりに徳川くんの背中のシャツを摑む。

勢い余って背中の肉も摑む鬼プレイをしてみせた。

「ギャーシノちゃん痛い！　これはまさに拷問だ……！　うぐぐ負けるものかぁーいや無理、痛すぎてギブギブ」

「なに!?　なにがあったん!?　二股って!?　ていうか私が間接的に背中を押したせいで……！」

「あ、そうなの？　ハッ、ま、まさかシノちゃん……」

振り返った徳川くんの、その目はなぜか怯《おび》えきっていた。

「……僕たちカップルを破局させようと……」

ウン？

「高校の時に、シノちゃんがお腹痛がって机で伏せてるから、痛みまぎれるかなと思って、後ろから座ってる椅子をがたがた揺らしたことを、今でも根に持って仕返しにくるとは……恐ろしい子……！」

「あなた人がお腹痛い時にそんなことしてたの？　痛すぎて気づいてなかったけど今知らされた事実に徳川クソやろうっつー罵倒しか頭に浮かばないよ」

「ウフフ」

罵倒に喜んでいる姿が、恐ろしすぎて震えた。

……じゃなくて！　話をごまかされていることに気づいた私に気づいた徳川くんが、軽く首をふる。

「……ま、全部僕が悪いんだよー。器が小さかったんです。シノちゃんは悪くないよ。8割くらいしか」

8割も！　絶望的な表情になった私を見て、吹き出す徳川くん。

「なーんて、うそうそ」

そう言って、徳川くんは、高校時代から変わらない爽やかな王子様スマイルを浮かべ、バシッと背中を叩いてきた。

「ってことで、これで高校からの生き残りカップルは、シノちゃん達だけだね、多分」

「エッ、ほんとに⁉　徳カグが別れるとか嫌なんだけど！　え、ちょっと……嫌なんだけど……！」

必死にそう言う私に、徳川くんは笑顔を浮かべたまま、

「ありがとう、ケイジくんを大事にね」

あとは託したとばかりに告げ、去っていった。

私は、ただただ事の成り行きについていけなさすぎて、呆然とするだけだった。


ケイジと並びながら歩く同窓会の帰り道。

既に辺りは真っ暗で、私の気分も真っ暗だった。

思えば、形は違えど静江さんに女帝にカグヤちゃんと、結婚というワードで3組潰れてる。

結婚ってなに、そんなハードル高いものなの⁉　私とケイジなんて、お互いいずれ

結婚するって、ちゃんと思って付き合ってるのに。ドヤるけども。

「……なぁシノ」

数歩先、前を歩いていたケイジが、ぴたりと立ち止まり、振り返った。

「一応、俺達の結婚についても言っとく」

「……?! え、急に、どうしたの……」

あ……そっか、そうだよね、身近な人達が結婚を機に、次々別れてケイジも多少不安になってるんだよね。

──俺達は、ちゃんと結婚しような？（顎《あご》クイ）

みたいな正式なコメントという名のプロポーズがくるかもしれない……ありうる。

「言っとくが、俺は結婚する気ないからな」

ありえなかった！

というより全くもって、とんでもねー言葉が飛び出てきた。

……ん？ ん!?

「………え、ケイジって結婚する気、ない、の？」

アレ？

「？　むしろシノはあるんですか」

逆に驚いたケイジの表情に、こちらも驚きを隠せない。

あるっつーか、今すぐではないにしても、いつか結婚するよね、みたいな。

以心伝心だよねそこ、ってすごい思ってたんだけど。

だってほら、このまえ、嫁になったら厳しくするーとかウンタラ言ってなかった？　言ってたよね？

結婚する気満々です～みたいな……。アレ、それはもしやただのリップサービス？　本心ではない的な。

つまるところシノちゃんの勘違いだった？　勘違いだったかぁー。くぅ～～。

黙ったままの私に、ケイジが続ける。

「……ほら静江からカグヤまで結婚で揉めてたから、一応言っとこうと思って。揉めたくねーしな」

「ウ、ウン、そっか……わかる」

いや、でもそうだよね。私、料理もまともにできないし、てゆーか家事全般苦手だし、たしかにこんな女とは結婚したくない。ケイジ、正解っ。大正解っ☆　ということはケイジをその気にさせるには家事の勉強からか……。

　とりあえず料理教室にでも通って……。

　……。

「…………つまり私とは遊びってこと……？」

　このすごくモヤモヤした心に逆らえきれず、思わずぽろりと、尋ねる。

「いや遊びて」

「遊びってことじゃん！　エェェ……そんな遊びなんだったら、付き合ってても意味ないじゃん……⁉　意味ないよね……⁉　それだともう別れるしかな……」

　言いかけて、慌てて両手で口をふさぐ。

「また言おうとしたろ」

　呆《あき》れ気味のケイジに、ぶんぶんと首を横にふる。

　最後までは言っていない、とばかりに、ぶんぶん。

「ったく。本当に直らねーなそれ」

　ハァァァーと深いため息をつかれるが、私だって、ため息をつきたい気分だ。

　だって、結婚する気はないけど、付き合い続けるって……。

確かにこのご時世、そんな結婚結婚～じゃないけどさ、でも……。

「シノがどうしても結婚したいなら、別に他の男選んでもいいからな。そこは恨みっこなしで」

ごく自然に、さらりと言い放たれたその言葉に、思考が停止した。

……はい？

「恋愛と結婚は別物って聞くし」

もう目が点になる。

ええ、ええ……エエー。なにそれ……。

確かに言わないと約束した。それは本当は別れる気がないくせに、軽々しく口にするなということだ。

でもこれは違う。

「そ、そんなんじゃ……もう無理じゃん……」

いつかは結婚すると思ってたし、愛されてると思ってたし、もちろんそれは感じてはいたけど、長年付き合った結果は、この程度のものだったのだと思うと。

「……付き合ってても意味ないじゃん……」

私への気持ちも、その程度だったように感じるのは、当たり前で。だとしたら、これはもう言わざるをえない状況だったから。

「じゃあ別れる！　別れるしかないじゃんばか!!」

うわーんとダッシュすると、ケイジが慌てて追いかけてきて、腕を掴んだ。

後ろから引っ張られて思わず転びそうになる。

「ぎょぇーー脱臼する」

「するか！　捕まえるの大変だからいちいち逃げるな、つか今晩だけで3回くらい言いやがって！」

「だって、こんなの別れる以外の選択肢ないよ！」

掴まれた手を、ぱしっと払いのける。

ケイジと付き合いながらも、結婚相手は別に探せよって……。ひどすぎる！

それこそ二股だよ。それを許すってどんだけ……。それが許せなくて徳川くんは別れたのに、ケイジは……。

じわりと目に涙が滲《にじ》む。

私は確かに重いけど、ケイジは軽すぎる。

「別れる、ねぇ……。だよな、そうなるよなぁ……」

独り言のようにケイジが呟く。

「……そうだな、もうそれがいいな」

「……え？」

涙を拭いながら顔をあげた時、ケイジと私の視線はぶつかった。

「――ああ、別れよう!!」

「…………」

初めてだった。

長く付き合って、初めてケイジから告げられた。

いつも私が口癖のように言ってしまっているその言葉。

ケイジは受諾《じゅだく》したことはあっても、決して自分からその言葉を口にすることはなかった。

だから、ケイジの口から出たそれに、一瞬言葉を失う。

けれどすぐに切り替えて、キッとケイジを睨んだ。

「――――は、はい、決まりね！　この女の敵めっ。ガルル」

そして私は納得する。
結婚する気がないのだから、仕方ないよねって。
だって、結婚しないなら付き合ってる時間は無駄だと私は思っているし。
なので、こうして、私たちは、ついに7年という恋人期間に終止符を打ったのだった。

ていうかケイジとの7年間なんだったのまじで憤怒ぉ！
本当に長く付き合えばいいってもんじゃねぇ！　女帝さん正解っ。

3章　合コンなるもの

高校3年から愛を育《はぐく》んで、付き合って7年弱。

結婚するとさえ思っていた男性と、ついにまじで正真正銘のがち別れしたものの、
なんと、意外に私は元気でした。

今までで一番落ち込むと思ったのに、むしろこの解放感スゴい。

毎週末、ケイジと会うことだけに埋まってた休日スケジュールの空白。この自由に書き込める感。

女友達と旅行も気にせず行ける、いちいち報告もしなくていい。

私を縛るものは誰もいない。

そう、自由。

自由だー!

■別れてから1日後、会社にて。
「先輩、彼ピッピと別れちゃったんですかぁー!?」

私にはうざったい後輩がおる。マリアである。こいつである。

私服オッケーという建前の、オフィスカジュアル推奨会社であるという暗黙の了解

をものともせず、ワイルドに明るく染め上げた茶髪と下着が見えるくらい丈が短いパンツをはきこなし、あげく室内なのにド派手なサングラスを頭に乗せ、超がつくほど悪目立ちした女である。

「ちょ、声でかいから……！　今仕事中だから……！」

「びっくりしましたよ～、先輩のツイッター見たら別れた宣言してるからぁー。あんなに自慢してた彼ピッピと、別れちゃったんですかぁ?!」

「……じ、自慢なんてしてないよ……！」

「のろけてたじゃないですか～。長く付き合った彼氏がいるってー」

「え、そんな感じだった？」

「はい。ほかにも、今の彼ピッピとしか付き合ったことないから恋愛経験そんななくて、恋愛相談苦手ーとかぁ。あれ自虐なのかもしれませんけど、一途《いちず》なアタクシ☆って感じでうざいから、やめたほうがいいですよ？」

「あ、ウン、わかった……。ごめん……」

別れて慰《なぐさ》めの言葉を頂けるのかと思ったら、すごいボロクソに言われて傷ついた。

「でも散々自慢してたのに別れちゃいましたね！　先輩ざんねん☆」

う、うざあー！

「ざんねんじゃないし！　私、ちょーすっきりしてるから！」

言い切って、マリアから視線をそらし、仕事を続ける。

しかしマリアはしつこく顔を覗《のぞ》き込んでくる。

「あれぇ。そうなんですか？　ショック受けてないんですか？」

「逆に仕事もやる気満々になってます。はい、これマリアの分の仕事、終わらせといたから」

ファイルをばしりと渡そうとしたが、マリアがファイルを受け取らなかったため、行き場を失ったファイルはヒューッと落下していった。

ちょお……。

落ちたファイルを拾おうと屈《かが》もうとした時、マリアがうるうるとした目で見てくることに気づいた。

「……先輩、ヤケになって仕事をがむしゃらにしてるんですね。失恋した先輩に合コンの話もってきましたよ？」

「だから、ヤケになるどころか冴《さ》え渡るほど超すっきりしてるんだってば……！」

「強がりな先輩、可哀想《かわいそう》……」

「もおおお、違うっつーの」

何言っても無駄感がうざい！　うるうる視線を払いのけるよう、シッシッと手で払う。

「ほらマリアもさっさと仕事して。電話対応はマリアの仕事でしょー」

「うふふ～。先輩、私、最近クレーム電話の最強の対策方法見つけたんですよぉ。成長してるんですから」

電話がちょうど鳴る。

クレーム電話らしく別部署より対応をお願いされたものだった。

「見ててくださいねっ」

マリアはウインクして、元気よく電話に出た。

「はいっ。お電話かわりましたぁ」

『おたくの不具合で迷惑してるんだけど！』

「あれぇ～？　お電話が遠いようでお客様の声が聞こえないみたいですぅー」

『はあ⁉』

「聞こえないですぅー。あれぇーおかしぃなぁー」

ちょ。

「遠いようなので切りますね☆」

ガチャッ。

マリアはドヤ顔して私を見た。

「どうですか先輩」

「ば、ばかもん――――！」

清々《すがすが》しい気分だったのに、この後、慌てて掛けなおした私がめちゃくちゃ怒られた。

■別れてから1週間後、いつものカフェにて。
「え〜、なんでまだ凹《へこ》んでないのよ」

ケイジとお別れしたことを、いつものカフェで落ち合った静江さんに伝えると、驚いた顔でそう言われた。

「いつも別れた直後にめそめそして、ケイジからの連絡を今か今かと待ってるじゃな

「ぜんっぜん興味ないです」

むしろ爽快。連絡待ってるどころか、携帯になんらかの通知がきただけでビクッとなる。

ケイジから連絡がきたら、どうしよう……と。

「とか言ってぇ、ケイジに新しい女できたら凹む癖にぃ」

「いーえ、むしろウェルカムです」

疑いの眼差《まなざ》しを向けられても、自信満々に頷《うなず》く。

「休日の予定も詰めに詰めてて、今私、超充実してるんです。ケイジどころじゃないっていうか。それに、だってあの男は結婚する気がないって言ったんですよ」

「………え、まぢ？」

「まぢです！」

そりゃ別れるでしょー！

たしかに今までの別れは、私も短気かな？　反省☆　ってところあるけど、今回はわりと正当な、むしろ共感する女子たくさんっしょー。

「どうせまたすぐヨリ戻すんでしょ？　って思ってたんだけど、今回はガチか」

疑いっぱなしの静江さんも、ようやく信じてくれた。蜂蜜がたっぷり入ったスペインティーを一口飲むと、椅子に深く腰掛け直し、眉間《みけん》に皺《しわ》を刻む。

「しかしケイジ。女の敵ね。長く付き合っておきながら結婚する気はないって」

ですよねー!?　と、全力で何度も頷く。

もうまじそこ！　だったら3年目くらいの時に結婚する気がないこと言って欲しかった。

無駄に歳とったし憤怒憤怒ォ！

と、頷きながらも、

「……まぁ、結婚する気がないことを申告してくるだけ、ましなのかもしれないですけど……」

言うのクッソ遅すぎとは思ったけど、ずっと言われないよりは、助かった。

ばか正直なケイジらしい誠実さはあったのかなーとは思う。

そう告げられた時のことを思い出すと、チクリと胸が痛むけども。

黙った私を見つめる静江さんの片眉が、ぴんと跳ねる。

「あ、ちょっとケイジのこと庇《かば》ってる？」

「え……ち、違います」

慌てて手をふり否定するも、クスリと笑われた。

「もう寂しくなってきちゃったんじゃない？　元カレ庇うとかアヤシイ〜」

「いやいや、ないです、ありえないです！　ケイジどころじゃないって言ったじゃないですか」

「やせ我慢してるんじゃなくて？」

「だから、違いますー！」

必死の否定を全く聞かず、何度も追及される状況に焦る。

確かにね！　長年付き合って、数々の問題もなんやかんや乗り越えていった恋人との別れは、そりゃ確かに辛《つら》いけども。

結末はこんなことになってしまったけど、自分の選択は間違ってなかったのだ。

大丈夫。

ちくりとした胸の痛みはすぐに忘れることができた。

■別れてから2週間後、会社にて。
「先輩、合コン行きたくなりました？　そろそろ寂しくありませんかぁ？」

「ぜんぜん」

「え〜〜、毎日背中が寂しそうなのにー」

隣の席のマリアは毎日うざいが、仕事は集中しすぎているおかげで、見事定時あがり。

パソコンの電源を切り、デスクに置いていたポーチやら携帯やらを鞄《かばん》にぽんぽん入れると、さっさと立ち上がる。

「観たいドラマがあるから、私、帰るね。お先に失礼しまーす」

「てか先輩聞いてくださいよぅ」

帰れない。

「この前、シノ先輩に恋愛アドバイス聞きたいって同期がいたんですよ〜。ほらぁ、先輩って長く付き合ってたじゃないですかー。その秘訣《ひけつ》を知りたいって」

あら、恋愛相談にご指名が入るなんて、ちょっと嬉《うれ》しい。私の長年の付き合いも無駄ではなかった……！

真剣に話を聞こうと、もう一度椅子に座り直し、マリアへと向きやる。マリアも真剣な表情で、身ぶり手振り交えて話してくる。

「だから、『ぶわぁははは、失敗してるシノ先輩に恋愛アドバイス求めるとか。それ聞いちゃやだめな人～』って言っておきました☆」

「ウン…………………」

ふぅん……？

「…………で？」

「え、それだけですよ？」

ウ、ウゼー。マリアまじうぜぇー。

「だって長く続いた秘訣なんて、個々によるものだから、先輩からアドバイスもらったところで自分に当てはまらなくないですか？」

マリアが真面目《まじめ》な顔でさらりと言い切った内容に、思わず驚いた。

「それはそうだよね。マリアって冷静に物事みてるんだね。意外にも……」

「あぁったしかに！　私、先輩みたいに発狂して別れたりしないですよ。冷静です」

ドヤ顔するマリア。こめかみに走る私の血管。

「もーマリアに構ってるにひまない。帰る！」

「お疲れ様でしたぁ☆」

マリアと話してると無駄に疲れる。

久しぶりに疲労を感じながら、会社を出る。ビルが連なっている場所に職場があるため、冷たいビル風がびゅうびゅうと吹いていた。とても寒い。

もう冬だなあ……。会社近くのコンビニなんかでは大々的にほかほか熱々おでんがアピールされている。

わー、温かそう……。肉まんでも買おうかな。ケイジの分も——……。

「っていやいやいや!!」

違う違う、と慌てて否定する。ケイジとはもう別れてるんだっつーの。

長く付き合った習慣は、いきなり抜けたりしないんだなと自覚する。

……そういえば……。

ケイジは仕事が早めに終わると、よく私の部屋で待っていてくれた。

私たちが長く続いた秘訣は、単純に会う頻度が高かったおかげかもしれない。

だから。

家の前に着くと、ちらっと見上げて、自分の部屋の窓の灯りを確認するのは習慣になっていた。

今日はケイジ、きてるかなー？　なんて、つい確認してしまったその習慣。

もちろん灯りがついてるわけもなく。

今日はきてないなー。

なんて思ってるほうが、おかしい。

だって別れたんだから。

そう別れたのだ。

別れ……。

「…………………アレ？」

なぜか、心がもやついていた。
■別れて3週間後、会社にて。
「シノ先輩、仕事遅くなりましたね〜」

マリアが隣でネイルをしながら、話しかけてくる。

「そんなことないよ仕事しろ」

「だってここ毎日残業ばっかじゃないですかぁ？　そんなんじゃ合コン行けませんよ？」

ふーふー爪に息を吹きかけながら、話しかけてくる。

「仕事いっぱい引き受けてるの仕事しろ」

息を吹きかけるのをやめ、マリアは怪訝《けげん》そうに私を見る。

「えー、なんでそんなに引き受けるんですかぁ？　合コン行けませんよぉ？」

なんで。

なんでってそんなの。仕事がたくさんあるからで……。

引き受けてる理由はだから……。

「先輩見てください、マスキングテープで簡単に斜めフレンチできましたぁ」

「だから……仕事しろー！」

とは言っても、暢気《のんき》なマリアを構ってると、辛さが忘れられた。

辛さ。

私は、ある辛さを感じ始めていた。

■別れてから1ヶ月後、自宅にて。

――――――ピンポーン

部屋の隅《すみ》で、何をすることもなく、ぼーっとしていた休日。

そろそろお昼かぁ、なにも食べる気しないなぁ……と思っていたら、突然のインターホンの音とともにケイジが現れた。

「よお」

扉を開けたら、そこにはケイジがいた。

別れて1ヶ月後にして、ついにケイジに会えた。

「な、なんで……」

しばし固まるも、ハッとする。

ま、まさかヨリ戻しにきた……？　ヨリ戻しにきたんだ!!

ピコーンと察する。

たしかに私たちは、毎回別れると、ケイジから謝罪&ヨリ戻しにくるのだ。

ケイジが気まずそうに私を見ている。

私も気まずそうに見やる。

……ということは、つまり、結婚しない発言撤回するってことなの、かな……？

え、それだったら………。

ヨリ戻っても良いのでは……⁉

嫌いで別れたんじゃないし……。なんか最近無駄にもやもやしてたし！

いや自由は楽しかったんだけどね⁈ 仕事も順調だったし！ 休日も！

でも予定詰め込みすぎて、やりたいことやっちゃって、最近の休日はひまだったけども……。

心のなかの議論が、一気に活発化した。

よ、よーしっ、そうと決まれば、さぁ撤回発言、どんとこいー！

構えたところで、ケイジが口を開いた。

「荷物とりにきたんだけど」

「………。………アッ、ウン……」

さぁこいっバッチシ☆カモンなメンタルで待ち構えていたので、予想外のケイジのテンション低めの声と、内容に思わずぽかんとした。

「俺の荷物、クローゼットの中？」

「……う、うん」

曖昧《あいまい》に頷きつつも、脳内は混乱しっぱなしだ。アレ？　アレー？

ケイジが荷物を引き出しているのを眺めながら、

「えーと。荷物とりにきた、だけ？」

一応確認してみる。

ケイジは振り返ると、怪訝そうに口を開いた。

「？　他になにか？」

「い、いや別に……なにもないよね！　エヘへ……」

ばたばたと手をふり、誤魔化す。

アレ、アレ？　アレ……⁇

ケイジはそのあとは無言で、てきぱきと私の部屋に置いてあった自分の私物をまとめると、

「じゃーな」

と、あっさり去っていった。

バタンと閉まる扉の音。

特に謝罪などはありませんでしたし、もちろんお別れの撤回などはありませんでしたね。

そうか。

そうだよね。

別れてるんだもんね。

「………本当に終わったんだなあ………」

携帯の通知に怯《おび》えるのは期待の表れだった。

――ケイジからかもしれない！

窓の灯りを確認するのも期待の表れだった。

――ケイジが家にきてくれてるかもしれない！

休日にスケジュールを入れまくったのも、仕事にひたすら集中したのも、ケイジと別れた現実を忘れたかったからだし、ヨリが簡単に戻ると思ってたのだって、現実を受け入れてなかったから。

私は、未練の塊だった。

「ウワアアアアア静江さあーんん‼」

いつものカフェで、テーブルに伏して号泣している私を、静江さんがドン引きした目で見ていた。

「えぇ〜。シノちゃん情緒不安定すぎでしょ。怖いわ。お薬もらいにいきなさい」

「だってだって……本当にケイジと別れちゃったんですよぉ」

露骨にイラっとした表情を見せてくる静江さん。

「別れて自由になったって喜んでたじゃない」

「別れた直後はアドレナリンがスゴくて爽快なだけだったんです！」

最初はね、最初はよかった。自由を満喫していた。

ケイジと付き合っていたら、できないことをしまくってた。

ケイジが胸焼け起こすから、あまり行けなかったスイーツバイキングに行ったり、
ケイジが怒るから行けなかった夜中の一人歩きをしたり、
ケイジが退屈で寝落ちするから、ケンカになることが定番だった映画デートなんて、
ソロだとストレスフリーで観ることができた。

でも、もうスイーツ食べてる私の隣で、げっそりしている顔がいない。

夜遅くになると、迎えにきてくれる姿がない。

くだらないケンカでさえ、楽しくしてくれる存在がいない。

いない。

もういない。

「私、別れの言葉言いすぎて、ふられたんです！　うわあアーーーン!!」

もうだめだー！　鼻水はとめどなく垂れてくる。

わんわんと泣きじゃくる。

「……自業自得よねーシノちゃんの。散々止めてたじゃない、あたしもケイジも」

「はい……そうですよね……。でも思えばそれだけじゃないんです……」

ぽつりぽつりと語り始めた。

「ドライブデート中に、ケイジにちょっと気に食わないこと言われると、『もう車降りる！』って飛び出たこともありましたし、記念日にケイジとディナー約束してた時に、ケイジがお腹《なか》すいて先にそこらのファストフードでポテトだけ食べてて、それにくっそむかついて『もう帰る！』って帰ってしまったこともありましたし……。

毎回追いかけて謝罪してくれてたんですけど……そうゆうのがチョイチョイあったので、私と付き合ってて疲れただろうなって……」

静江さんのお顔が、般若《はんにゃ》をミンチにして混ぜたような複雑な表情になっていた。なんだったら地雷女からの脱出おめでとうケイジ……と合掌してすらいた。

「うわ〜〜ん！」

大泣きである。

過去の自分のばかばかクソうんこ女ゴミカスチリブス生ごみぃ。

親しき仲にも礼儀ありという先人のお言葉を思い出せばかばかばか。

……私……ケイジに甘えまくって……調子に乗りすぎてた……。

ずっとグスグス泣いていると、静江さんが慰めるよう背中をさすってくれる。

「……まぁ、シノちゃんは本気で頭おかしいけど、それを差し引いても、ケイジは元々長年付き合った彼女と結婚する気もなかったんだしいいじゃない。ケイジだっておかしいもの。シノちゃんの自業自得が我が身を救ったのね、よかったわね」

にっこりと微笑《ほほえ》み慰めてくれる静江さんに、私は目に涙をためながら答えた。

「よくないです、もう結婚しなくていいから側《そば》にいたいです」

「バカ！！！　都合のいい女になるな！」

パァンッとほっぺを強く叩《たた》かれる。

「痛い！　痛いよぉ、心も身体《からだ》も痛いよぉ」

「うるさい！　めそめそすんな！！！」

パパパパパーンッと往復ビンタされる。

ウッウッと涙しながら崩れ落ちる私を、静江さんは見下ろしながら口を開いた。

「こうゆう時は新しい男よ。シノちゃん……合コンやるわよ！」

……。……合コン？

泣くのをぴたりとやめ、叩かれた頰《ほお》をさすりながら、静江さんを見上げる。

静江さんは深々と自信満々に頷いていた。

「なんたって、ケイジがいない今、行き放題、やり放題、セックスし放題よ！」

「せっくす、し放題⁉」

驚愕《きょうがく》した。

「ふふ……惹《ひ》かれるでしょう、魅惑のワードに」

「そうですね、引いてます」

静江さんの下品さに……。

「フリーの今しかないのよ？　失恋の痛手は男に抱かれるのが、いちばんの特効薬なんだから」

「い、いやです……。合コンなんか行ってる場合じゃないんです、ケイジと別れたくないです――」

はァ？　静江さんの綺麗《きれい》な眉毛が、ピーンと跳ねた。

「……まさかとは思うけど……シノちゃん、まだ心のどこかでは、ヨリ戻せると思ってる？」

ジロリと向けられた視線に、気まずそうにスッと目をそらした。

しかし向けられ続ける視線に耐えきれず、暫《しばら》くしてから、こくりと小さく頷いた。

「ハアァアア？　ファーーーーっく！　もう無理なの、目を覚ましなさい！　あの辛抱強いケイジから別れを言ってきたのよ！」

ウッ。胸に突き刺さる非情な言葉。

「荷物とりにきた時点で未練ないじゃないケイジには。シノちゃんとヨリ戻したいなら、荷物でもなんでも置いて少しの接点でも作りそうなものなのに、かっさらっていったんでしょ」

うっぐっ。静江さんの言葉は数多《あまた》の棘《とげ》となり、全身に突き刺さっていく。

「いい？　もう別れてるのあんたたち」

ずびしっと静江さんの細く長い人差し指が、私の鼻の頭にぶつかる。

「ヨリなんて戻らない！」

ずびしびしっ。

「現実を見なさい！　そして合コンでセックスしなさい!!」

うぎゃあああぁぁぁあ……。

地獄に落ちていくかのような感覚に陥った。

「で、シノちゃんの知り合いで、合コン開けそうな女いないわけ？」

聞かれて、思い浮かんだのは、あの後輩だ。

私の表情を見て、静江さんがにやりと笑う。

こうして私は、人生で初めて合コンというものに参加することになったのだった。


合コンとは男女がちちくりあうためにできた会である。　ｂｙ静江さんカジュアルフレンチなレストランで、男性陣の到着を待つ女3名。

あぁついに合コンにきてしまった……。

「もうすぐ始まるのね、わくわくするわね〜」

静江さんがはち切れんばかりの笑顔で、嬉々《きき》として話しかけてくる。

私ははち切れんばかりの真顔で、悲々として受け応えた。

「合コンって浮気してる気分で罪悪感があって全く楽しめないです……」

「別れたんでしょーが！」

そ、そうですよね。しくしく……。

それに、社会人になってそれなりに場数は踏んだものの、やはり飲み会的な皆でワイワイする場は未《いま》だ苦手だ。

ケイジと付き合ってた時に、一緒に参加した飲み会は、ケイジが色々と私をフォローしてくれたことを思い出し、より涙が出てくる。

「シノ先輩、そんな固くならなくても大丈夫ですよぉー。男性と楽しく喋ってタダ飯食べておしまいですしぃ」

幹事のマリアが、にこにことフォローしてくれる。

「固くなってるんじゃなくて、ケイジを思い出して泣いてるの……」

「ひぇ～合コン前に元カレ思い出すとか、先輩きも」

わざとらしく口に手を当てて、アワアワと引いてる動作をするマリアに突っ込む気力はなかった。

静江さんがガシリと私の手を握りしめる。

「ほら元気出しなさい！　マリアちゃんも心配してるじゃない！」

きもがってますけども……？

静江さんは困ったように、けれど優しく微笑んでくれた。

「あのね、シノちゃんの気持ちが落ち着くまでは、あたしは彼氏を無理に作れとは言わないわ」

「え、そうなんですか………」

ちょっと安堵《あんど》する。

「今回の目標は、男とヤルことヤってケイジのことを忘れる！　たったそれだけよ！」

安堵は幻想であった。

いや……むりです……。それがなによりMURIです……。と力なくぷるぷると首をふるも、静江さんは目を輝かせ、両手を叩く。

「そうだわ、男ふたり持ち帰って3Pでもヤって身も心も吹き飛ばしたら？　それがいいわね、そうしなさいッ」

マリアが小さく悲鳴をあげた。

「え〜先輩、乱交とかそっちの趣味あるんですかぁ？　ますますきもい〜」

「マリアちゃん、そんなこと言わないであげて。人の性癖は他人が咎《とが》められるものじゃないわ。頑張ってあたしたちでシノちゃんがセックスしやすいように仕向けて参りましょう」

「うげぇ、うっぷ、吐きそうだけど、わかりましたぁ〜〜。先輩の性的趣味に付き合うなんてセクハラなのに訴えない私、後輩の鑑《かがみ》〜」

勝手にセックスさせられようとしたり、私の性癖が決められていったりする地獄。

と、超下品極まりない会話をしていると、男性陣が到着した。

男性陣のスペックは、高学歴イケメン・高学歴雰囲気イケメン・学歴諸々《もろもろ》不詳の華《きゃ》奢《しゃ》な男性の3名だった。

静江さんの瞳が怪しく光る。

「やだー。皆さんすごくかっこいい～～！　えぇ～あたしぃ緊張しちゃう♡」

むしろ豹変《ひょうへん》した。

「遅れて申し訳ない。皆さんは、なんの話をしていたの？」

男性陣に聞かれると、私を指し、静江さんが即答した。

「あ、この子が3Pしたいって言い出して、下品すぎって突っ込んでたんです♡」

嘘《うそ》だろう？

びっくりしたぁ、すごい蹴落としじゃない？

男性陣の私を見る目が、明らかに引いてる。

「冷静に考えると、あたしもそろそろ婚活始めなきゃだったから本気で頑張るつもりよ」

静江さんが決意を呟《つぶや》いた。

「むしろ今蹴落としましたよね私の事」

「何言ってるのよ、事実じゃない、ひとのせいにしないでちょうだい」

「その事実は明らかにあなたの創作ですけども!?」

「じゃあ揃《そろ》ったところで、自己紹介しませんかー♡」

静江さんが華麗にスルーし、合コン開始を切り出す。

そしてドスの利いた小声で、

「いーいシノちゃん？　あたしの未来がかかってるんだから、引かれるような行動だけは避けてよね。さっきの下品な話といい……」

「え？　え？　本当にあの下品トークが私発みたいなことになってる？　これ」

記憶の改竄《かいざん》にびっくりだぁー。

「さぁふたりとも、頑張って男どもをホテルに連れ込みましょう！♡」

こうして合コンという名のちちくり会（ｂｙ静江）がスタートしたのだった。


30分後。


「あたしだって弟くんと別れたくなかったわよー！」

泥酔し暴君に成り果てた静江さんがそこにいた。

空になったグラスを持ち、テーブルにがんがんと叩きつける。

「どうせケバいわよシモネタだって好きよーでもそれは個性の一つじゃないのー！　何が恋人としてはいいけど結婚相手には……よ。ふざけんなクソ男どもーッ、婚活大変なんじゃぁーッ」

ええぇ……。

集まった男性陣がドン引きしている。私もドン引きしている。

挙げ句、静江さんはテーブルに上半身を伏せて、うとうとし始めた。

寝ている！　だ、だめだこれー。

「も、もう帰りましょう静江さんっ。ねっ」

「うるさいっあたしに指図するなー！」

伸ばした手をパシィっと払われる。エエ～……。

マリアが自分のコートを、唐突に寝息をたて始めた静江さんにかける。

「潰れてくれてよかったですね～。このままじゃ先輩の運命の相手、静江さんに持ってかれるところでしたし」

男性陣を見ると、ちがう意味で静江さんに全部持ってかれてるが。

それになにより、

「運命は、ケイジがよかったのに……」

「はいはい。先輩めんどくさいです、はいはい」

心からの本音をあしらわれる。

「ちゃんと相手見つけて元カレさん忘れてくださいっ。傷ついてる先輩、これ以上見たくないんですよぉ。ちゃんと私がアシストしますから。３Ｐなんてさすがにさせませんけどね、静江さんの前ではああ言いましたけど」

マリア……。私をそこまで支えてくれようとしているなんて……。マリアにもいいところはあったんだね……。

じぃんと感動して、鼻を啜《すす》った。

「……ありがとう……。でもマリアも好みの男性いるんじゃ……。私ばっかいいの？」

「あ、大丈夫ですぅ。私、自分がモテるのが好きなんでー。友達と行った婚活パーティーでも、友達より人気で指名多くて快感でした。でも先輩相手にそんなことできないから、今回は最初から遠慮してるんですぅ」

「あ、そ、そうなんだ。ウン、ありがとう……」

絶妙に上から目線の応援なのか、ただのｄｉｓなのかに困惑しながらも。

ここまで皆が応援してくれるなら——いや静江さんは蹴落としてきたな……マリアも結局うざいだけだったけど——でも、ちゃんと合コンに向き合って頑張らなくちゃ……！

「ひょっとして緊張してるー？」

決意したところで、学歴諸々不詳の華奢な男性——話を詳しく聞いたら年齢は29歳だという年上リーマンが、笑顔で声をかけてきてくれた。

髪は少し長めの茶髪で、ひょろがりの彼は、中肉中背のケイジとは違う存在だ。

「俺も合コンは久しぶりで緊張してて。実は彼女と別れたばかりでさ」

あら、なんという奇遇でしょう。それは私もです、ひょろがりよ。勝手に命名。

「しかも俺、フラレたんだけど」

うおー、奇遇奇遇奇遇ー。ひょろがりぃー。

「彼女はキャバ嬢だったから、時間が中々合わなくて、会えなくてそれでダメになって」

うんうんと相槌《あいづち》を続ける。

「アイツにせがまれて高い鞄買ってたし、アクセサリーも靴もあげたのにな」

哀愁ただよう、ひょろがり。

そんなに愛してたのにふられるなんて……辛い。気持ちわかりすぎて涙を誘う。ハア……。

「結局一度もヤらせてもらえなかったしさー。アハハ」

「プラトニックな関係だったんですね……なんてピュア……」

……。

ってそれ付き合ってるんじゃなくて、単に貢がされただけのやつー！

残念ー！

「だから俺、次に出会う子は、彼女と正反対の子がいいなって。真面目そうで、彼氏大事にする子。マリアちゃんに聞いたよ、前の彼氏とはすごく長かったんだって？」

突然ふわっと、頭撫《な》でられた。

その大きな手のひらは、いい子いい子、と優しく髪を梳《と》かすよう撫でてくる。

困惑していると、

「ん？」

ふふ、っと微笑んでくるひょろがり。私は照れたように顔を俯《うつむ》かせる。

撫でられる行為、それは、ケイジと別れて荒《すさ》んだ私の心を癒……癒さねえー！

ぎゃぁーきもいー！　勘弁～～☆

頭撫でるとか、それ女子好きな行為ランキング上位とか思ってってかもしんねーけど、心の距離もあっからなー！　知らない男にやられても気持ち悪いだけだからなー!!

私の気持ちなど知らず、ひょろがりは突然どこかに電話を掛け始める。

予約云々《うんぬん》言っていると思ったら、電話を終わらせるやいなや、突然、私の手を取り、

「抜け出そうぜ」

と言ってきた。

ZE!!　わら。

「ぬ、抜け出すってどこに～～……」

ちらっと助けて欲しい気持ちを込めてマリアを見ると、

「わぁお似合いですぅ、行ってらっしゃい～～」

とアシストどころかトドメさしてきたし、酔いつぶれてたはずの静江さんは、むく

りと起き上がり、

「おう、してこい」

つって呟いたあと、怨念《おんねん》みたいなウインクしてきた。ｏｈ……。

拒否れない空気に圧《お》され、ひょろがりとともに合コンを抜け出すことになる。

タクシーで連れていかれたところは、ホテルの地下にあるバーだった。薄暗い雰囲気のなか、音楽隊のような人たちが演奏していた。

「ここでふたりで飲みなおそう」

「は、はい」

テーブル席に案内されたので、てっきり対面に座ると思ったら、横に座られる。

パーソナルスペース近すぎない？

ケイジとでさえテーブル席で横に座ったことないよ……！

せめてと、ふたりの間に鞄を置く抵抗。

ひょろがりに勧められるがままにワインを注文し飲む。というかお酒を美味《おい》しいと思ったことないので、一口飲んで終わりだけども。

「どう、音楽？　いいよね」

「あ、はい」

バイオリンを演奏する女性と、その後ろでピアノを弾《ひ》く男性程度の認識だったので、慌てて真面目に聴き出す。

というか私は音楽は特に興味ないですけどね……へへ。

高校時代、友達が吹奏楽部だったので演奏聴きにいった時、うっかり寝たよね。睡魔が襲ってきたよね……へへ。

「よかった。女はこれで9割落ちるって友人に言われて」

えええええ……！　えーそう？　落ちるー？　これ落ちるー？　友人てきとう〜〜。

てかそうゆう発言を私に言っちゃうー?!　落とす前提のさあ……！

アレ、てか落とされるの……？

もはや怒濤《どとう》の展開すぎる。

「高いものどんどん頼んで。ここ、飯もいいよ」

「は、はあ……」

高いお肉が運ばれてきて、もしゃもしゃと食べる。相手はワインをグビグビ飲み、何杯目かのワインのあとに、私の目をまっすぐ見て、言った。

「じゃあ俺達って、そうゆうことで、いい？」

「⁇　え、あ、は、はい」

え、なにが？　なにがそうゆうことでいいの？

イエスマンのシノはイエスつっちゃったけど。

「よかった。あの……ホテル、部屋予約してるから……」

「へー。………へえーーー⁉」

思わずたまげたので奇声が出た。部屋、予約！　ホテルの⁉

展開はええーー！

……もしや『そうゆうことでいい』って『付き合うってことで』って意味⁉

あ、そうゆうこと⁉

やばい初合コンで、もういきなり彼氏ゲットだぜ……。

「じゃあ、そろそろ行こうか」

食事を終えて、促されるがまま予約をしているホテルの部屋へと向かった。

……ん？　ていうか部屋に行くってことは、これからこの人と致すってことだよね
……？

えー⁉　初対面の人と会って初日で⁉

ケイジとだってこんな早く致してないよ⁉

……いやでもまぁ、もう社会人ですしね、いいオトナですしね……。そりゃするよね。

まさか、初めて参加した合コンで、ケイジを忘れるために、ケイジ以外の人と寝ることになるなんて……。静江さんの思惑通り。怒濤。3Pではないけども。

ガラス張りのエレベーターに乗り、上の階へと向かう。

乗りながらぼんやりと思い出す。

……そういえば、ケイジとの初デートは牛丼屋だったなー……。初めてのえっちはケイジの部屋だったし……。

そう思えばこの人、合コンで会った女に、初デート？　でホテルのバーで高いご飯奢《おご》るし、初致しではホテルの部屋やらを予約してくれたり……。

すごいな……すごい貢ぎ癖あるな……だからキャバ嬢に騙《だま》され（？）たのかな……。

チンッと小さい音が鳴り、目的階に着く。ふかふかのカーペットが敷き詰められた長い廊下へと降り立ち、前を歩くひょろがりの背中を、ぼーと眺めながら着いていく。

１０１２号室と書かれた部屋で、ひょろがりが立ち止まった。

「ここ」

カードキーを差し込み、扉を開け、

「どうぞ」と、ひょろがりに中に入るよう促された。

「あ、は、はい！」

ついにケイジ以外の男と……!!

………。

と、勢いよく返事したものの、私は一歩も足が進まなかった。

「……朝倉さん？」

「えっと……」

この人とつまり、そうゆうことをする関係になる………？

ケイジ以外の男と？　私が？

って無理ーーーーーーー！

想像して全身に鳥肌がぶわっと立った。

悪い人じゃないし、むしろ良い人だとは思う。多分（？）

でもでも……ぎゃー。

無理だよー、ケイジがいいよー。こんなの気持ち悪くて無理だよー。

この人が気持ち悪いんじゃなくて、ケイジがいいから他の男が気持ち悪いっていうか！

「す、すみません」

無意識に、謝罪をしていた。

ぽかんとするひょろがりに、頭を下げる。

「あの、今回はその、すみません！　なかったことに………」

のこのこ着いてきて申し訳ないけど、さすがにイエスマンを続けるのは無理だった。

ひたすら頭を深く下げ続け謝った。

「え⁉　いや、俺さ、こんなこと言うと引かれるかもしれないけど」

「そんな、引くなんて私………！」

ホテルまでのこのこ着いてきた私こそが引かれるべきでしょうここはっ、と顔をあげると、ひょろがりは照れたような仕草で頬を掻《か》いていた。

「君にマッサージして欲しいだけなんだ」

「マッサージ」

思わず復唱した。

「君の感じてる顔が見たいんだ」

…………はい？

「いった顔が見たい」

笑顔を取り繕うので精一杯だった。鳥肌の具合は最高潮だった。

もしかして、もしかして。

「……酔ってます？」

そういえばこの人、めっちゃワイン飲んでたな……。

「まさかぁ、酔ってないよー。でもさ」

ひよろがりの目がもはや据わっていた。ここは地獄。

「君のおっ……」

「アッ、マリアから電話だぁ！　ウワ〜〜もう帰らないと心臓が破裂しそう（？）」

私は掛かってきていない電話に出るふりをしながら、ホテルから逃げるように、もう超ダッシュで飛び出した。

タクシーに乗り込み、速攻電話を掛けて、マリアと静江さんに大慌てで合流したのだった。


「そんなわけで、結論としましては、ケイジ以外の男は無理だなって思いました」

合流後、3人で並んで歩く合コンの帰り道に、真顔で正直な自分の気持ちを述べた。

静江さんが頰に手を当てながら、深くため息をつく。

「やることやってその感想ひどいわねぇ」

「なにもしてないから……！」

マリアが口をすぼめながら、こちらを見た。

「残念ですぅ。てっきりエッチしてると思ったのにぃ」

「いやあの、ケイジくんが……よくてですね……」

そう言うと、マリアには半眼かつ小バカにした顔で笑われ、静江さんは腕を組みながら呆《あき》れ顔で口を開く。

「なに？　つまりシノちゃんは、結婚しない男と、ヨリ戻したいの？」

「……い、いえ！　戻らないのはわかってるんです……ケイジから連絡こないし……」

　合コンの時も何度も気になってしまった携帯を、ちらりと見る。

　メッセージはひとつも届いていない。いつものケンカ別れだったら今頃とっくに仲直りしているし、メッセージだって届いているはずだと思うと、やはりいつもの別れとは違う。

　静江さんは、ふぅんと顎《あご》に指を当てる。

「シノちゃんって、自分から連絡をしないワケ？」

「……あ、それは……。その、いちおう送るメッセージは考えたんですけど……合コン中に」

　私が送る予定だったテキストを表示し、携帯端末画面をふたりに見えるよう差し出した。

「まずはこれです……。『今、合コン中なんだ。もうケイジのことは忘れて新しい彼氏作るね♡　今までありがとう』これはですね、『え、合コンにいってるだと?!』とケイジが焦って私を取り戻す、という作戦です」

　ふたりが沈黙した。

「あるいは『合コン中だけど元カレが忘れられない』というメッセージをケイジに送って、友達の相談への誤爆と見せかけるとかですね」

自信に満ち満ちた表情で、ふたりを見る。

「どうですか。これらの作戦が思い浮かんだ時はウワー私天才じゃん、これはイケるッて思いましたよ」

「イケねーよ！　ただのくっそ痛い女だよ！　普通にヨリ戻したいですって言いなさいよ！」

過剰で辛辣《しんらつ》なツッコミを静江さんに頂いた。

「えええ、だって……ストレートに復縁迫る文章だと、ケイジにきもがられたらどうしようかと思いまして……。押してダメなら引く作戦というか……」

ふられて無理に追いかけていた弟が、思い切り静江さんに拒否られてた件を思い出すと、より怖さが増すというものだ。

静江さんが呆れ気味に続ける。

「ケイジがまだシノちゃんに惚《ほ》れてるなら、大丈夫でしょ」

「う、うざいと思われたらどうしようかと……」

「ケイジがまだ、シノちゃんに未練があるなら、大丈夫でしょ……」

「し、しつこいと思われたらどうしようかと……」

うじうじ極みＭＡＸだった。

「ああああうざい、うざすぎる！　連絡したいなら相手のリアクションなんて考えず、連絡しなさいよっ」

静江さんがさすがにブチギレた。

ひぃっと数歩下がる。

「あたしは、結婚しない男なんて全ッ然勧めないけど。でも……シノちゃんが他の男とセックスする気ないならもう仕方ないものね。シノちゃんにとって、性欲対象はケイジしかいないんでしょ？　じゃあ送りなさい」

「静江さん……」

呆れながらも背中を押してくれる静江さんに、心が温かくなる。

だって、合コン中だって、ひょろがりと話してる時だって、ずっとケイジのことばかり考えていた。

私は急いでメッセージを作成する。

『この前はごめんなさい。やっぱりケイジと元に戻りたいです』

送信ズキュン。

送った……。送ったった！

送った瞬間、ずっとあったモヤモヤが晴れ、とてもすっきりした気持ちになる。

「どんな返事くるかどきどきですね〜っ。お断りだったら先輩自殺しちゃいそう」

「ふられる可能性もあるものね」

ふたりして酷《ひど》いことにそっち前提で話を進めているが、私の心は期待でいっぱいだ。だってケイジが私に冷たい返事するはずないし！　そこは長年付き合っててわかってるっていうか。

ああもう最初からこうして連絡しておけばよかった。

ここ最近の私の落ち込みはなんだったのだろうと思えるくらい、今、心がすっきりしている。

皆と解散したあとも、足取りはとても軽かった。

しかし。

30分、1時間……3日、なんだったら1週間経過しても、ケイジから返事がくることはなかった。

何度も「やだーバグってる?」「もしかして不具合かな～? 返事ぜんぜんこないんだけどー?」と携帯を再起動しても画面は変わらない。昔の電化製品の扱いのようにばしばし叩いてみても返事はなく。

「ふられたわね」

合コン以来、返事がないことを相談したら、静江さんがトドメをさしてきた。

「嫌われたんですね、先輩」

マリアに至っては、トドメさされた人間の傷口に塩を塗りたくってくる。

「で、でも……メッセージ読む前に誤って削除しちゃったとか……あと連絡できないのは手を骨折したからとか……そもそもメッセージの不具合とか起きてるんじゃ!?」

「ないない」

必死に希望を言葉にしたが、ふたりに即一蹴される。

「てかあたしケイジに女を紹介しちゃったのよね。そっちに気持ちいっちゃって連絡しないのかしらね」

さらりと言ってのけてきた、静江さんからのまさかのカミングアウトに、目をひん剝《む》くほど驚いた。

敵は静江さんだった。

「だってシノちゃん、ケイジに新しい女できるのウェルカムって言ってたじゃない」

敵は昔の自分だった。

そうだった。そんな愚かな発言を確かにしてた覚えはある。

ウギャーンもうあの時の私ばかばかばかばかばか。静江さんがけらけらと笑う。

「まー、結果オーライじゃない？　女がすがる恋愛は惨めだし、ここで区切りつけられて。シノちゃんが元カノになったのはご愁傷様って感じだけど」

も、元カノ…………？　私が……？

そりゃそうだよね別れたんだもん。そりゃそうだ……。元カノだ。ケイジには、これから今カノができるのかもしれないし、もしかしたらもうできたかもしれない。

そう思うと、胸が痛み出し、焦燥感に駆られ、呼吸ができないくらい苦しくなった。
「あ〜ん先輩可哀想。彼ピッピ以上の彼ピッピ作って忘れましょうねぇ」
マリアの慰めの言葉が、どこか遠くに聞こえた。
心のどこかでは、まだヨリが戻る可能性をずっと抱いていた。
自分から連絡すれば、簡単に戻ると、高を括《くく》っていた。
ここにきて、初めて、本当の別れというものを、今さらながら実感する。
合コンなんかに行ってる場合ではなかったのだ……。

4章　落ちるところまで

「辛《つら》すぎて眠れない……もう朝か……」

自宅の窓から、小鳥たちのチュンチュン音が聞こえる。

ベッドから天井をただただぼーと見て連日一夜を過ごし、目には隈《くま》、髪はぼさぼさ、化粧などもうずっとしてない、山姥《やまんば》のような女。そう私です。

え、まじやばくない？　辛すぎない?!　これ！

がばっとベッドから上半身だけ起こし、頭をわしゃわしゃ掻《か》いた。

寝ても覚めてもケイジが頭に浮かぶ!!

高校時代から変わらないイタズラっぽい笑顔とか、優しく撫《な》でてくれた手のひらとか、いつものふざけた会話をしてくれた姿とか、ケイジから別れようと言われたあの瞬間とか。

そのたびに涙が溢《あふ》れる。

もううまく呼吸もできないくらい辛すぎて、ほんと死にそう！

「ああーーなんで平気で別れるとかポンポン言ってしまってたんだもう自分のバカタレ!!」

ベッドでごろごろごろごろごろ転がる。

なんでそんな言ってしまったのか……って、わかってる。ケイジが許してくれてたからだ。甘やかしてくれてたから。

普通だったらとっくに終わってる関係だったのに。

「……アア〜過去に戻れるなら自分を刺して刺して刺し殺すのにッ……！」

病んでた。

カーテンが閉め切られ陽も差さず、明かりも灯《とも》らない真っ暗なこの部屋は、掃除する気力もない主によって、脱ぎっぱなしの服やゴミやらで散らかっていた。無気力を部屋ごと体現。

もはやこの人生、何もやる気が起きない。ただただ虚《うつ》ろに天井だけを眺めていると、携帯から着信を知らせる音が部屋中に響いた。

ケイジ……⁉

ベッドから慌てて起き上がり、サイドテーブルに置いてあった携帯を鷲摑《わしづか》みにする。

画面に表示された着信名を食い入るように見つめ――期待は落胆に変わる。

「カグヤちゃんかあ……」

失礼にもがっくりと肩を落とす。

カグヤちゃん……同窓会以来だ。そういえば徳川くんと別れてからどうなったんだろう……。

私も直後にケイジと別れて、それどころじゃなかったので、すっかり忘れていた。

電話に出てみる。

「もしもし……？」

『シノちゃんお久しぶりです……！　早い時間にごめんね！』

相変わらず愛らしい声で、暗かった心に一瞬光が差し込んだように胸が躍った。

『あ、あのね……！　いきなりなんだけど、シノちゃんにお願いがあるの』

「ウンいいよ」

内容も聞かずふたつ返事でオッケーを出した。

こんな状況でも、可愛《かわい》いカグヤちゃんのお願いなら、ついなんでも叶《かな》えたくなる王子心。

『ありがとう……。実はね……。シノちゃんから、徳ちゃんに私とヨリ戻すように言って欲しいんだぁ』

「エッ？」

素《す》っ頓狂《とんきょう》な声が出た。

『仲良いシノちゃんから言ってくれたら、徳ちゃんも聞きそうだし……』

「な、なるほどぉ……」

カグヤちゃんのお願いなら叶えたくはなるけどもね、もね。

めっちゃ無謀なお願いきたー！

エーッ、だって、カグヤちゃん、二股してふられたんじゃ……⁉

そんな状態でヨリ戻すとか難易度高すぎない。やべぇいいよとか言っちゃった……。

まだ弟に『静江とヨリ戻したいから協力してくんろ』って言われたほうが、可能性を感じるレベル。

黙りこくった私に、カグヤちゃんが慌てる。

『無茶言ってるのはわかってる……！　でも……こんなこと頼めるのシノちゃんしかいなくて……』

電話越しから聞こえる切羽詰まった声が、いかに真剣なのかひしひし伝わってくる。

そりゃできることなら引き受けたいけども……。これは無謀すぎる……。

「け、けど、ほら、徳川くん、ひょっとしたら既に新しい彼女いるかもよ……⁉」

ケイジがいるかもしれないよーに……。

やんわりと遠慮したが、逆に自分がダメージを負った。

『それは大丈夫！　徳ちゃんの色んなＳＮＳアカウントをずっと張ってたけど彼女作ってなかったからっ』

めっちゃ調べてるー！　ネトスカになってますやーん。

『あのね。………あの日、徳ちゃんに「二股うんぬんより、それができる人となりが無理。だからもう付き合えないし結婚もない」って言われたのね……』

超はっきり言ってる徳川くん。未練もなにもない感じできっぱりと。

そら言うよね～長く付き合った彼女に二股されたらそらね～～。人間不信になってもおかしくないし、私ももしケイジに二股かけられてたら山籠《やまごも》りするレベル。別れたけど。あ、よけいダメージ食らった……。

しかし、次の瞬間、カグヤちゃんの声はワントーン高くなった。

『でも私にはわかるの！　徳ちゃんもきっと私のこと待ってるって……！』

おん？

『私にそうゆうこと言っちゃった手前、私と復縁したいけどできないんだと思う』

ん？

『徳ちゃんってそうゆうところあるの、困っちゃうよね』

ん？　んー？

『それに石が言ってたから間違いないし』

？？？？？？？

……石？

意味不明なことを言い、会話も成立してない感じなのに、電話奥で笑うカグヤちゃんに、一瞬恐怖を感じる。

「あ、うんわかったー。なるほどな～」

恐怖を感じたので、とりあえず流した。

『わかってくれた?! よかった！ シノちゃんから徳ちゃんに言ってくれたら心強いよ、嬉《うれ》しい！』

「あ、いや違うの、それは石のことで」

『シノちゃんがお願い聞いてくれて安心。ふふ、これで徳ちゃんとヨリ戻せそう♪』

聞いてない!!

てゆーか、そもそも、私から「カグヤちゃんとヨリ戻して☆」と言われて、徳川くんがOKするとは思えないんだけど、という事実こそに焦る。

その気持ちが伝わったのか、カグヤちゃんは先程と違い余裕ある弾んだ声で、

『うふふ。心配しないでねシノちゃん。考えてた作戦があるの』

作戦……？

頭おかしくなっちゃったカグヤちゃんにNOと言えないまま、話は進んでいくのであった。


「徳川くん、ひさー」

「シノちゃんやほーい」

日曜日。天気良好。時刻は13時15分。

とある繁華街の駅前にて徳川くんと落ち合う。

「お互いフリーになっちゃいましたなぁー」

「そうだねぇ。シノちゃんという、ひとりの美人が野に解き放たれたんだねぇー」

徳川くんと楽しく喋《しゃべ》りながら、私はとあるミッションを達成するため、目的の場所

へと歩をすすめる。

「エヘへありがとう……お世辞でもありがとう……。失恋で荒《すさ》んだ心が癒されるでよ……」

「お世辞なんて心外な。僕は本当のことしか言わないよ。もう一度言うね……」

徳川くんがキリッとした表情を見せ、空に向かって高々と叫んだ。

「ひとりの人間が野に解き放たれたんだよって！」

「おい世辞の部分変えるなや」

というわけでミッション開始！　カグヤちゃんの作戦はこうだ。

カグヤちゃんが、とあるカフェにスタンバイしてるところに、私と徳川くんが来店し、え〜うっそ、ぐうぜぇん☆　むしろ奇跡？　という運命の再会を狙う。

運命の再会に感極まったふたりは、再び結ばれて、元のラブラブカップルに戻るのであった。

……うまくいく気がしねぇー！　めっちゃバレバレだけど大丈夫ー⁉

無理だよ無理だよ徳川くん絶対気づくよ。この人、無駄に察しいいもん。

「シノちゃん、さっきから顔色悪いよ……？」

早速察しのいい徳川くんに、ぎくりと肩を震わす。

「そ、それはね……。今から行くカフェが超人気店で、入れるかなって不安なの。パンケーキがおいしいらしくて、どんな女子も行きたがるお店だからさー。あーパンケーキ食べたいなぁー。どんだけ流行《はや》ってるかっつーと、友達が行ったら、偶然にも同級生や同僚や母親にも会ったらしくー」

人気、話題、有名の三拍子！

だから、なんだったら元カノのカグヤちゃんがきてもおかしくないよっていう前置きを早口で捲《まく》し立てる。

「へーすごい偶然だねー、そんなに人気なんだ」

「そうなのよぉ、もう奇遇がここまで重なると運命的なぁ」

「そんなに人気のお店なのに、並ぶこともなく、むしろ店内は空いてるみたいでよかったね」

到着してしまった目的地のカフェは、人の気配はあまりなく、がらんがらんであった。圧倒的過疎地。

「ほ、ほんとだね。めっちゃラッキーだね。ラッキースター徳川くんと一緒だからかな？　おひょひょ……」

このおばか野郎ー。やめろやめろ妙なことに気づくんじゃない徳川くんめ。実際は別にそんな人気店でもないからだよ！

私の気持ちを知らず、徳川くんは楽しそうに会話を続けてくれる。

「でもシノちゃんから突然、『一緒にパンケーキ食べたいな☆』って連絡きた時は、てっきり僕に惚《ほ》れたか、積年の恨みを晴らそうとして何か企ててるのかどっちか疑っちゃったよー。そう、高校時代、僕がシノちゃんにしたイタズラはさ……」

「私さー、徳川くんとの思い出はわりと美化してるほうだから、これ以上思い出を穢《けが》さないでもらっていいかな」

おしゃべりしながら——してる最中も冷や汗はすごいし、心臓ばくばくだったりもする状況の中、扉を開けて、店内へと足を踏み入れた。

お店に入ると見事、作戦通り、カグヤちゃんの姿がバッチリ見えた。

店内がらがらなのに、入り口近くの丸テーブルに席を構え、自分を見つけてとばかりに、どっかりと座ってる。

うわぁカグヤちゃんだぁっ、すっごぉい、ぐうぜぇんっ。

「ってアレ……」

丸テーブルに座っているのは、カグヤちゃんだけではなかった。

忘れようとしても忘れることができなかった存在。

目つきが悪く、つんつんした黒髪の、中肉中背の男――ケイジがそこにいた。

え？　え？　なんで……。思わず硬直する。

「シノ……」

ケイジも驚いた表情のまま固まっている。

カグヤちゃん輝かんばかりの満面の笑みで、超動揺している私に駆け寄り迎えてくれる。

「わぁシノちゃん⁉　偶然だねっ♡」

そして、ぱっちりウインクを決め、小声でコソッと、

「シノちゃんも別れてたなんて知らなかったよ～。コウヘイに聞いてびっくりしちゃった。言ってくれたらよかったのに～。一緒に作戦やろうね」

と世にも恐ろしい発言をされた。

ま、まさか……。

カグヤちゃんは私の両肩に手を置き、ケイジに向かって私をぐいっと押す。

「ねぇケイジくん、別れたシノちゃんとこうして再会するなんて、運命感じない？」

どえええええ。

い、いらねえその気遣いーーー！　わざとらしすぎてあかん！

ケイジが明らかに引きつっていた。私も引きつっている。カグヤちゃんはこの空気に気づかず、横目で徳川くんを見つめ、恥ずかしそうに俯《うつむ》いた。

「それに徳ちゃんとも……。まさかこんなマイナーな隠れ家的なお店で出会えるなんて嬉しい」

や、やべぇー。口裏あわせてなかったから人気店（嘘《うそ》）からのマイナー店（真実）になっちょる……。

徳川くんが穏やかに微笑《ほほえ》み、私の隣に立つと、耳元でとても低い声で囁《ささや》いた。

「――おい朝倉シノ、てめぇ謀《はか》ったな」

「口調悪くなってますよ徳川くん！」

作戦は当然バレた。

カグヤちゃんは作戦バレなど気づかないまま、話をどんどん進めていく。

「そうだ、みんなでお茶しようよっ。実は多めにパンケーキ頼んでたんだぁー。ふたりとも、食べてねっ」

「ワア、偶然にもパンケーキを多めに注文してくれるなんて、アリガトウ……」

確実に作戦はバレているが、必死に偶然アピールする。

おそるおそる席に加わるも、ケイジに至っては私と目線すら合わせない。

そりゃそうだよネ——。

だって私の、『元に戻りたい』という連絡にも返事しなかった男よ。

ケイジの立場からすれば、カグヤちゃんに頼み込んで策略企てて俺に会いにくる元カノKOEEってなるじゃん……⁉

ぎゃーーもう恥ずかしいし辛いしなんだこのいたたまれない感情。

私じゃないからぁーこの作戦たてたの私じゃないからぁーー！

「おらおらぁ、食べたかったパンケーキ食えよ朝倉シノちゃんさんよぉ〜〜」

「ヒイィィ息ができない」

テーブルにあったパンケーキを鷲掴み、徳川くんがグイグイと口の中に押し込んでくる。

あの温和な徳川くんでさえこの荒れ狂いよう。

しかしこの殺伐とした雰囲気をものともせず、突然カグヤちゃんは、懐から大切そうに黒光りする布の小袋を取り出した。

「せっかくだし、皆を石のお告げで占うね」

……石？　お告げ？

小袋から、紐につながった得体の知れない石を取り出し、無邪気に笑っている。

パンケーキ合戦をぴたりと止《や》め、怪訝《けげん》そうに首をひねる私と徳川くん。

先日の電話でも石がどうたら言ってはいたけども。

カグヤちゃんは笑いながら、紐で吊《つ》るされた石を垂らした。

「こちらはお石様です」

おいし、さま……？

皆の疑惑の眼差《まなざ》しをものともせず、お石様の説明を始める。

質問するとお石様が回転する。右に回ったらYESで、左に回ったらNO。

カグヤちゃんは私の前で、ぶらぶらと石を吊るし、石に問うた。

「シノちゃんの運命の人は、ケイジくんですか？」

えーなにその質問ー！　やめてー！　顔真っ赤なんですけどちょっとー！

カグヤちゃんの細い指先が紐をつまみ上げ、そこから吊るされた石が静かに右回転を始めた。YESだった。

「きゃぁよかったねケイジくんっ。運命の人だって。もう復縁しちゃったらー？」

ぜ、絶対うそー！

ちらっとケイジを横目で見ると、明らかに引いていた。

やばい、あの目はあれだ……。

シノとカグヤがわけのわかんねースピリチュアル作戦で俺に復縁迫ろうとしてる、とか思ってる。そんな目だ。

「か、カグヤちゃんが動かしてるんじゃなくて……!?」

自分は無罪であることを主張するため、慌てて突っ込む。

「違うよ～勝手にお石様が動くんだよ。お告げだから♡」

「石は勝手に動かないよ!?　それきっと筋肉の連動で無意識に希望する答えに手を動かしちゃっ」

「この石は自我を持って動くの!!」

ヒェッ〜〜。あの可愛らしい温厚なカグヤちゃんが憤怒した。

「パワーストーンだからっ。店売りの安いパワーストーンじゃなくて、ちゃんと占いの先生から買った本物のパワーストーンなんだからっ」

本物のパワーストーンすげー！　とはならなかった。

やべぇ、やべぇ世界に行っちまったよカグヤちゃん……どうしよう……。心底心配しかない。

「ちょお……徳川くんがふったせいで、カグヤちゃんが妙な占いに取り憑《つ》かれてるじゃん……」

「えええ、僕のせいなの……」

小声でこそこそ話している私達の存在など気にもとめず、カグヤちゃんは、真剣に紐を垂らして、石の動向を見つめていた。

「シノちゃんとケイジくんのふたりはヨリを戻すべきですか？　ほら右に回ったYESだ……。ふたりは結婚しますか？　また右だね……。もはやYESしか出てこないよ〜☆」

もはや恐怖である〜☆

いや、わかってる。カグヤちゃんのことだから、私が徳川くんを連れてきたお礼に、私とケイジを元に戻そうとしてくれてるんだと思う。それはわかってる。占い結果にも出てるし、その熱意はすごく伝わる。本当にありがたい。

けど、いかんせん方向がスピリチュアルすぎたし、何よりもわざとらしすぎんですわー！　号泣レベル。

カグヤちゃんはお石様のお告げに、とってもご満悦そうに笑んでいた。

「お石様は復縁をすすめてるよ。他にふたりは気になることはある？　あ、復縁したあとにどうやったらうまく続くか聞いてみようか」

やめてくれぇーカグヤちゃん……。まじでほんと申し訳ないけど言わせていただくと超余計なお節介に冷や汗しか出てこない。

ケイジが露骨にため息をついた。

「……………あのなカグヤ……」

今まで黙っていたケイジが、静かに言葉を発し、どきりとする。

私は全身、恥ずかしいやら恐ろしいやらで発汗した。

ああああ、変なこと仕組んでんじゃねーよとか思われてる絶対思われてる、てか言われるー!

「俺の出世が順調かお石様に聞いてくれ」

えー、ノッター!

予想外すぎるケイジの返答に、目が丸くなるを通り越して目が飛び出る。

カグヤちゃんが、とても嬉しそうにすぐに占いはじめた。

「……な、なんで?!」

びっくりしすぎて思わずケイジに尋ねてしまった。そしてすぐに察した。

「………あ、ま、まさかケイジもソッチの人だったの……? 知らなかったぁー」

「ちげーよ!! 思い詰めてるみたいだし、否定したら可哀想《かわいそう》だろ、なんか」

小声でケイジが叫ぶ(器用)

私はとても納得したように頷《うなず》いた。

「……なるほどー。別に誤魔化さないでもいいよ。信仰は自由だからさ……」

「おまええええええ」

口ではそう言うも、腕をさすりながら大きく距離をとった。

「ギャー」

ケイジにほっぺ鷲掴みされる。

咄嗟《とっさ》の抵抗で、食べてたパンケーキをケイジの顔目掛けて噴いた。

「うわ汚ねえ!!」

「わははザマーミロー！　ペッペッ」

「くっそ、パンケーキの生クリーム部分がもろに髪にくっついたわ！」

「わぁ本当だ。取ってあげるね。ゴシゴシ、あ、余計周辺についた」

「おい！」

前髪がクリームでべとべとになったケイジを見て、思わず吹き出してしまう。

「アハハ、私たち、ケンカ別れしたのが嘘みたいに穏やかだねっ」

「どこがだ!!」

けらけら笑いながらも、ポーチの中からウエットティッシュを取り出し、真面目《まじめ》にクリームを取ってあげる。

取りながら、ふと、気づいた。

アレッ?!　普通にケイジと会話できてる……。

あんなケンカ別れしたし、連絡しても返事すら戻ってこなかったのに、顔を合わせれば気まずいのは最初だけで、普通に話せてる。……スゴイ！　付き合ってた頃に戻ったかのようだ。

嬉しい。楽しい……！　カグヤちゃんありがとう！（手のひら返しという）

ケイジもそう思ってくれてたらいいのに、なんて淡い希望すら抱いてしまう。

「はぁー……シノとこうして久しぶりに顔合わしたけど……変わってねーな」

ケイジがぽつりと呟《つぶや》いた。小さく笑いながら。

それだけで嬉しさがこみ上げてくる。

「で？　最近はなにしてたんだよ。まさかカグヤみたいに占いにはまってねーだろうな」

「まさか～。最近は天井をずっと眺めて一日が終わってたよ。し、仕事で疲れて」

原因は別れたからとはさすがに言えなかった。

ケイジが沈黙。のち、

「……。………久しぶりにシノに会ったけど何も変わってないどころか退化してるな……」

非常に心配そうに、そう言った。

「退化ってなに失礼な……。夢中になるものがあるのはいいことでしょ。天井の模様の数を数える趣味いいじゃん」

「病人じゃないすかそれ……。引きこもってないで、ちゃんと外出て陽を浴びろよ」

「毎日浴びてます、通勤中」

「三食食べたあとは歯を磨くんだぞ、風呂も毎日入れよ。手洗いうがいも忘れるな。布団も干せよ、とにかくカーテンを開けろ」

「なんでケイジのなかで、私がひきこもり不潔キャラになってるのか？」

「シノは熱中すると風呂1週間入らないとか、平気でやりそうだからなぁー」

「ハアアーアー!?　乙女《おとめ》に向かってなんたる暴言！」

前言撤回!!　楽しくねーこの会話！　ケイジむかつく!!

「乙女ねー。はいはい乙女乙女。乙女には優しくしなきゃな」

優しく笑いながら、ぽんぽんっとケイジが私の頭に優しく手をのせた。

どきりと胸が高鳴る。

合コン相手にやられた時は、鳥肌ものだったのに。

こ、これはケイジからなんとなくだけど好意を感じるような……。

え、え、もしかしてこれは本当に今回がきっかけで元に戻れるかも⁉　淡い期待が現実味を帯びてきた。

「そういや、カグヤに相談があるって呼び出されたんだけど……これって」

ケイジが言いかけた時、隣からくすっと笑い声が聞こえた。

私達を見て、カグヤちゃんが可笑《おか》しそうにくすくす笑っていた。

「やっぱりいいなあ……。シノちゃんとケイジくんは別れても……仲がいいんだね。うらやましいな」

「そ、そう……かな？」

「うん」

頷くと、カグヤちゃんは占いの石をそっとテーブルに置いた。

「私なんて徳ちゃんとまだ一度も言葉かわしてないよ。……そうだよね徳ちゃん」

カグヤちゃんが見上げた先にいた徳川くんは、ぎくりとした表情を浮かべ、気まずそうに目をそらしていた。

目をそらされても、気にしないのか、カグヤちゃんは憂えた瞳で徳川くんをじっと見つめ続けた。

「……こんなのとても虫の良い話だってことわかってるんだけど……」

そして、テーブルにつくスレスレに、頭を下げた。

「徳ちゃんと……もう一度やり直したいです。もう一度、付き合ってください」

誰が聞いてもわかるくらい、切実な、心からのお願いだった。

徳川くんは何も言わない。

反応がないことに焦ったのか、下げていた頭をぱっとあげ、カグヤちゃんは続ける。

「お、お石様にはね、徳ちゃんの結婚はNOって言われたの。結婚はできないって。それはもう承知してる……」

私はその言葉に目を見開き、口をあんぐりと開け、隣にいたケイジの肩をばしばし叩《たた》いた。

「ちょ……聞いたケイジ？　お石様ってNOも出てくることあるんだね……!?　願望が無意識に回してるのかと思ってたのに……」

「この状況で突っ込むのやめてくださいシノさん」

うるさい私の存在はカグヤちゃんには気にならないようで、ただただ徳川くんだけを見つめ続ける。

「結婚できなくてもいい。それでも徳ちゃんが好きなの……！　だからっだから……もう一度、私と付き合ってください……。お願いします!!」

カグヤちゃんは、長年ずっと徳川くんに憧れて片想いしていて、ようやく結ばれて、お付き合いはとても順調だったけど、一度は過ちを犯してしまって……。

後悔して後悔して、必死に徳川くんを繋《つな》ぎ止めようとしている。

占いにもすがり、普段のカグヤちゃんなら絶対やらないようなバレバレの作戦にもすがり、必死に、必死に。

その姿に、こちらまで心が揺さぶられる。

けれど肝心の徳川くんが揺さぶられることはなかった。

「ごめん」

断りの一言は、何ら躊躇《ちゅうちょ》することなく徳川くんから出ていた。

カグヤちゃんはその言葉をかき消すかのように、慌てて口を開く。

「あ、あのね徳ちゃん！　石はね、つ、付き合うことは大丈夫だって、元に戻れるって……YESって言ってたの……！

本当だよっ、今やってみせるねっ」

テーブルに置いてあった石を鷲掴みにして、再び占いを始める。

「ほ、ほら石を見て。右に回ってるよ！　だから……私達、今度はうまくいくから……っ。もう絶対あんなことしないからぁ……だからぁっ……」

嗚咽《おえつ》とともに鼻水も垂れているのに、そんなことは気にもとめず徳川くんを取り戻そうとする悲痛な姿は、静江さんにふられた弟や、コウヘイくんにすがりつく女帝を思い出させた。

カグヤちゃんのもがきあがく姿を見ても気持ちは変わらなかったのか、徳川くんはもう一度、強く強く、ハッキリと告げた。

「ごめん」

短く繰り返されたその言葉は、とりつく島もないほどに冷淡で静かな低い声だった。

ああもう無理なのだと、誰が聞いてもわかるほどで、カグヤちゃんは下唇を噛《か》み、頭を垂れた。

ぼたぼたと、テーブルにはカグヤちゃんの涙がこぼれ落ちていく。

「……あはは、ダメかぁ。そっかぁ……」

必死に指で涙を拭っている。

「だよねえ、私が馬鹿なことしたから……なんであんなことしちゃったんだろうって、ずっと後悔してて……。後悔するならやらなきゃよかったのに馬鹿だよね、本当……」

自分のことを言われているようで、胸に突き刺さる。

……私も、別れたことはとんでもなく後悔してる。

後悔しても遅いことは、昔から耳にタコができるほど聞いていた言葉だったし、わかっていたはずだったのに、なんで身を以《もっ》て経験しないと気づかないんだろう。人類共通の脳の欠陥……！

ぱっとカグヤちゃんが顔をあげた。

「うん、もう大丈夫！」

目は真っ赤だったが、もう涙はなかった。

「困らせてごめんね徳ちゃん」

「あ、ううん、こちらこそ……本当にすみません」

徳川くんが小さく頭を下げた。

カグヤちゃんは、とてもすっきりした顔で私へと振り返る。

「私はこれで徳ちゃんのこと諦めるけど……。でもシノちゃん達はうまくいくよね？

こんなに仲がいいんだもん」

そう言われれば、私とケイジは気まずそうにお互い目を合わせた。

「あ、私のことは気にしないでねっ。ふたりがこのまま戻ってくれたら嬉しいから」

やんわりと微笑みながらそう言ってくれるカグヤちゃん。

とても辛い状況だろうに、溢れる優しさと気遣いにじぃんとする。

「だって、ふたりは運命の再会した上に、お石様もそうお告げくれてたし」

で、出たーお石様……！

でも……。

確かに、石のおかげでケイジと話すきっかけもできて、わだかまりも溶けたから、石のおかげといえばおかげだ。

このままの勢いで戻れたら………。

淡い期待を抱きながら、もう一度、ちらりとケイジを見ると、その表情は先程と違い固いものだった。

アレ……？

ケイジはおもむろに立ち上がると、

「つーか、もとに戻るとか、勝手に決めんな」

とても低い声で発した。

眉間《みけん》に皺《しわ》を寄せ、どこかイラつき気味に続ける。

嫌な予感がする。

「……あまり空気壊したくなかったから、言うのを躊躇してたが、ちゃんと伝える」

心臓がドキリとなった。

「はっきり言っとくけど……」

とても静かな声だった。

「こうゆうのは気持ち悪い」

一瞬、何を言われたのか、理解できなかった。

カグヤちゃんと徳川くんは、驚いて固まっていたようだった。

「こんなこと仕組んで……俺との運命の再会だのなんだの狙ってるのかもしらんが、仕組んでる時点でおかしいし、気持ち悪いだろ」

ケイジは射貫《いぬ》くような目で、私を見下ろしていた。

た、確かにそう思われることを危惧《きぐ》してはいたけど……。

やっぱり私が運命の再会仕組んだと思われていたようだ。

「ま、待って、ケイジくん。それは誤解で――」

カグヤちゃんが慌てて庇《かば》ってくれるも、ケイジは、

「正直、すげー迷惑」

強く強く、言い切った。

脈が速くなったのは自分でもわかった。

「もう……関わらないで欲しい。会う気もなかったし」

ヒェッ。そこまで言う。

「そ、そうなんだ……。そう、だよね……ウン。本当にそうだよね……」

ケイジの口から放たれた言葉が、脳内を占領した。

楽しく会話できてたと思ってた。

好意すら感じたと思ってた。

ただの私の勘違いだった。基本、全部私の勘違い☆

「そうだよねアハハ……。もう私達別れてるもんね……アハハ……」

今さら何を言っているのだと自分でも思う。

口が乾き、掠《かす》れた笑い声が出てきた。

「アッ、でも、でもねっ、私は全ッ然ほんともう、ケイジのことは忘れてたから……！　私が、元に戻りたいとかメッセージ送ったからって、今も好意持たれてると思ったら大間違いなんだからね！　もーアハハ」

早口でとにかく捲し立てた。もぉ、そんなに会うの嫌だったんかーい！

だったら会った瞬間帰らんかい！　みたいなね！

……………。気持ち悪いって……迷惑って……。

アッ、でもケイジのことだから意味を含ませてるかもしれない。

いつぞやも、私のことを『重い』と言ってきたけども、気持ちではなく体重のことで、そっちかーいってこともあったしさー。

だから今回も、もしかしたら。

………ないよねー。今回はさすがに。ない、なぁ。

付き合ってた頃の私に、ケイジが絶対向けなかった言葉がたくさん向けられた。

「―――……っ」

だめだこれは泣く！　涙出てくる！

声ではアハハと笑いながらも、必死に堪《こら》える。今泣いたら、妙な作戦立てるわヨリ戻らなかったら泣くわで本当にしょうもないほどにクソ重い女として、ケイジの記憶に残ってしまう。

「……ちょっとトイレ行ってくる」

ケイジが席から立ち去ると、沈黙が訪れた。

カグヤちゃんが気まずそうに私を見て、勢い良く頭を下げる。

「ご、ごめんなさい……！　私がケイジくんを無理やり呼んだせいで……」

カグヤちゃんの言葉を遮り、アハハと笑い飛ばした。

「えぇ～！　カグヤちゃんのせいじゃないよー。元はと言えば、私が別れた後も連絡しちゃったのが悪かったんだよー。私うざいよねさすがに、ウンウン」

「そんなこと……」

ふたりが辛そうに浮かべる表情を見るのが、余計に辛かった。

笑顔を浮かべ、

「そ、それじゃ、通報される前に、私、帰ろっかなー。ストーカーとか思われたくないしさー」

「シノちゃ……」

お金をテーブルに置くと、勢いよく立ち上がる。

「パンケーキおいしかったー。全部噴いちゃったけど！　じゃあまたねー！」

と間髪いれず、振り向きもせず、小走りでお店を出た。

人混みをかき分けながら逃げるよう駆けていく。息が切れた頃には、ゆっくりと足取り重く歩き出した。

あぁーー。

私、なにやってるんだろう。

『気持ち悪い』

『迷惑』

『会う気もなかった』

怒濤《どとう》のクレーム。別れただけじゃなく、嫌われてすらいるのかもしれない。

むしろ好かれていると何故《なぜ》思えたのか。

その自信がどこから湧いていたのか、自分でもわからない。

「……ばかだなー私」

ひとり呟く。本当にばかだなぁ。

消えたい。消えてなくなりたい。

きっと初めてだ。初めてあのケイジに、冷たい言葉を投げつけられた。

冷たい言葉からいつも守ってくれていた存在に、吐かれた。

心が壊れそうなくらい悲しい。ただただ悲しい。

抑えていた涙が溢れてくる。嗚咽さえ漏れてきそうだった。

「――追いついた」

その時、唐突に、誰かに腕を強く掴まれ、後ろに引っ張られた。

「わっ……」

うそ……まさか。

ケンカして、私が逃げるといつもケイジが追いかけてきた。いつだって追いかけてくれた。

あんな冷たい言葉を言っていたのに、まさか……。

まさかまさか――！

という気持ちでいっぱいになりながらも、涙とともに振り返る。

自分の腕を掴んでいる人物は――。

まさか――。

うん、息を切らした徳川くんだった。

「シノちゃん……すっごく、ガッカリした顔してるけど」

「…………ぬか喜びィィィ……」

ぐったりと肩を落とした。

「構ってちゃん出たー」

「少しくらい期待したんです……。うう、そうだよね……ケイジのわけないよね」

ささっと姿勢を直したものの、ため息が無意識に出てしまう。

一度溢れた涙は止まることはなく、ぼたぼたと流れていく。

「今日の僕の遊び相手はシノちゃんだから、置いてかれたら追いかけるくらいはするよ」

ああ、そうだった、と納得したように頷く。

「私てっきり、徳川くんが私に惚れたか、積年の恨みを晴らそうとして何か企ててるのかどっちか疑っちゃったよー。そう、思えば私が徳川くんにしたイタズラがあって……」

「あー僕のなかでの美化されたシノちゃんが、色褪《いろあ》せてくわー」

徳川くんとのいつもと変わらない軽口な会話で、少しずつ元気が出てくる。

涙はなかなか止まらないけども。

「……今日はごめんね、その、騙《だま》して連れてきて……。ケイジも嫌悪感いっぱいだったみたいだし、徳川くんもそうだったでしょ？」

「んー。そりゃ驚きはしたし、朝倉シノの頭蓋骨かち割って骨スープにしてやろうかって思ったけど」

こわっ。コッワーーー。

震える。

「でもどうせシノちゃんの発案じゃないしなー。カグヤちゃんに巻き込まれて断れなくなったんだろうなーと」

そう言うと、徳川くんは肩を竦《すく》めて微笑んだ。

ケイジと違い、説明しなくとも理解してくれている友人の姿に心が温かくなる。

「むしろ逆に、こんな失敗しか見えない作戦に巻き込まれた挙げ句シノちゃんまで丸焦げになり、申し訳ないなと思ってすらいるよ……！」

「そそれはべつに……！」

丸焦げなのは、私がいつまでも、馬鹿みたいな期待を抱いていたからだ。

いい加減もう覚悟を決めなければいけないのに。

「……徳川くんも、カグヤちゃんとヨリ戻したくないんだね」

徳川くん〝も〟と、含ませて、自分の言葉に傷つくのも、いい加減に慣れなければいけないのに。

涙が止まらないのは、いつまで経《た》っても慣れることができないからなんだろう。

「……まあカグヤちゃんの二股相手が、僕があまり快く思ってない人だったしね」

「あら、徳川くんって人類全員が好きなハッピーバカだと思ってたのに、快く思えない人いるんだねー」

「なにその僕のイメージひどくない。相手はシノちゃんが知ってる人だよ」

徳川くんの文句をスルーし、考え込む。

んー。だれだろう？　知ってて快く思えない人か……。

……………………。

静江さんかな？（友情とは）

でも徳川くん、静江さん知らないもんね。今度会って欲しいなー。ふたりとも話合いそうだしー。

「うーん、だれ？」

あっさり降参。考えるのをやめ、徳川くんを見る。

徳川くんはさらりと答えを教えてくれた。

「コウヘイくん」

「アッ、そうなんだー。カグヤちゃんの二股相手、コウヘイくんなんだ！　ありえるー！　あの人、人のもの欲しがるタイプだから二股好きそうだもんねー。私も昔、絡まれたことがあってー」

べらべらと喋ったあとに、ぴたりと固まる。

え？

「――……こここここここ、コウヘイくん⁉⁉」

仰天した。

徳川くんがこくりと頷く。

え、でもカグヤちゃんと同窓会で会った時、コウヘイくんの悪口言ってたけどな……嫌いとか言ってたよな……？　あれ、でもさっき、私とケイジの破局はコウヘイくんから聞いたってサラリと言ってた気が………。

嫌いなのに連絡とって、る……？　あれ？　あれ?!

「えええええええええええええええええええ」

信じられない。

叫びに叫ぶと、徳川くんがくすりと笑った。

「シノちゃん、涙止まった？」

言われて、

「…………。………び、びっくりしすぎて涙止まった」

頬《ほお》に残った涙を手の甲で拭う。

「うんよかった。結果が大事」

薄い青色のハンカチを差し出される。

「女の子に、目の前で1日に2回も泣かれるのは、勘弁でーす」

私を泣き止ませるために話してくれたらしい。徳川くんにとっても両刃《もろは》の剣《つるぎ》だったろうに。

涙が止まると、不思議と気持ちを整理することができた。

ぽつりぽつりと言葉を紡いでいく。

「あの、私、昔、徳川くん好きだったことあったんだけど」

「お、なちゅらるに告白してきたな！」

「けど、徳川くんに酷《ひど》いこと言われたら一発で嫌いになったと思う」

「お、ふられたぞ！」

茶化すよう入ってくる合いの手に、笑いながら。

「けどケイジに関しては、どんなに酷いこと言われても嫌いになれないんだよね、困ったことに。なにこれ共依存?!　あはは」

嫌いになるどころか、想いは募る。

手放してから気づく自分の愚かさを、心から呪う。

「そっか……そこまで好きになれる人に出会えてよかったね」

「うん、よかったー！　あ、でももっと酷いこと言ってきたら、さすがに嫌いになったかも。豚シノとかゴリラシノとかー」

「小学生の悪口レベルだよそれ……シノちゃん……」

呆《あき》れ顔の徳川くん。

いっそ嫌いになれたら楽なんだけどなー。もう、まったくもー。本当に、あの男は……。

もっとフるならハッキリ言ってくれたらいいのにー。いや別れるとはハッキリ言われたけど、いっそ人間としておまえ無理、嫌い！　ぐらいまで言ってくれたらなー。

………。

想像してから、困ったように笑う。

「……でも、どんなに酷いこと言われても、ケイジのこと好きのままかもしれない……」

思い出すのは、ケイジのいつもの笑顔。

胸が締め付けられるよう、ときめく。きゅんとする。

「ヤバイ！　たぶんずっと好きかもしれない！　どうしよ?!」

「どうしようねぇ」

穏やかで、ただ聞いてくれているだけの相槌があまりに優しくて、再び瞳に涙が滲《にじ》む。

頬を両手で押さえながら、ちらりと徳川くんを見上げた。

「ねぇ……。3回目はおっけーです？」

「んー、次はどうやってシノちゃん驚かそうかな」

別れたあの日から、私はようやく一歩進めた気がした。

5章　踏んだり蹴ったり

週末明け、気づけばピンクと赤色と金髪の3色ヘアーになっているマリアが、始業1分前に出社したと思ったら、朝からぷりぷりぷり怒っていた。

「せーんぱい、聞いてください。私、痴漢にあっちゃいましたぁ」

ぷりぷり怒りながら、相変わらず角度によってはスカートから下着が見えてるマリアは、デスクに着くなりお化粧直しを始めた。

「うん、ズボンはけ」

「あっ、それって、私がミニスカートだから痴漢にあったっていうんですかぁー?!　ひどーい！」

デスクをゴンゴン叩《たた》いて抗議するマリアを、全力で無視する。

「女はミニスカートはいてたら痴漢にあっても仕方ないってことですかぁ!?　ひどーい！」

引き続き全力で無視する。

「あーあ、女って本当に可哀想《かわいそう》ですよね〜。若くてちょっと足出してるだけで、同性からも敵視されてぇ」

「パンツ見えてるからズボンはけ」

無表情で繰り返し、仕事が忙しいとばかりに、シッシッとマリアを追い払う仕草もする。

特に気にした様子もないマリアが、ひょいっと屈《かが》み、私の顔を覗《のぞ》き込んできた。

「……？　先輩、すっきりした表情してますねぇ」

うーんと手を顎《あご》に当てて考える動作をしたあと、

「あ、わかったぁ。元カレさんとうまくいったんですね☆」

マリアからの直球に、先日の件――ケイジのあの嫌そうな眼差《まなざ》し――を思い出し、うぐうと言葉を詰まらせた。

「も、元カレには、気持ち悪い、会う気などなかった、って言われましたね……」

「ええっ、あぁ、そうなんですかぁ……」

さすがのマリアも返答に困ったのか、可哀想な目で私を見てきた。

そんな哀れみの視線を撥《は》ね除《の》けようと、慌てて。

「いやでも、それもあって反省したというか、改めて私はこの人好きなんだと思いまして……！　今はもう片想いでもいいかな、みたいな認識になってる……！」

「わぁー、さすが先輩です〜。そこまで言われて冷めないなんて重い〜」

「まあね」

褒められてないけど偉そうに鼻息ふふんとしたのだった。

「じゃあ気持ち悪いって言われたのにアタックするんですね？　心臓まじ剛毛～」

「いや……そこまで言われてるのに動くと、通報案件なわけよ。ストーカーという名をほしいままにしてしまう可能性もある」

かつてフラれ散っていった弟や女帝、カグヤちゃんを思い出しながら。

「だから、私は待つ！」

ばぁーんと立ち上がる。

お互いが落ち着いた頃に連絡しあって、元に戻るカップルだってあると、何かの雑誌で読んだ、その希望にすがるのだ。

「ケイジの怒りが収まり、私にまた会いたいと思ってくれるまでは……何年でも待つ！」

「あれぇ、元カレさんって女紹介されてましたよねえ。待ってる間に盗《と》られちゃうかもですよ」

「も、もちろんその不安はあったけど……。長年付き合った私がいるのに、紹介されたからといって、別れてすぐ他の女と付き合ったりはしないと思う……んだよね」

自分が他の男とあっさり付き合うことはできないように。

なんとなくケイジの性格上、それはないと思えた。恋愛に関してはフットワーク重いタイプのはずだ。

「そう思わない？　マリア」

「はー、先輩の話、めっちゃ長ー」

聞いてない。いや短いだろうがというツッコミも聞いてないマリアは、かちかちとマウスをいじりながら、鼻歌交じりに作業を始めた。

その様子を眺めながら、自分で言っておいてなんだけど、溢《あふ》れ出る不安は止まることはなかった、ので――……。


「ケイジ、順調らしいわよ」

会社帰りに待ち合わせをし、一緒に帰路をともにした静江さんに、最近のケイジ（と紹介した女との様子）を尋ねると、あっさりと回答が返ってきた。

「既に何度か会って遊んでるみたい。だいたい3回目のデートで付き合うか決めるから、もうすぐじゃない？」

「そ、そうですか……」

震える。

嘘《うそ》でしょー⁈　くっそフットワーク軽いんだけどあの男！

いやでも落ち着けシノ、落ち着くのだ。

付き合わないかもしれないし……無理やり（？）紹介された女だものっ。そう希望をもって尋ねると、

「そりゃ確実に付き合うって保証はないけど――」

ストールを羽織りなおしながら、静江さんは言いにくそうに、私をちらりと見る。

「いちいちショック受けないでよ」

その物言いに、思わず挙動不審になる。口の中が渇いていく。

「紹介した子、ケイジに言われたみたい。『次に遊ぶとき、話したいことがある』って」

「⁉　そ、それは………っ」

頭が冴《さ》えるほど、ぴーんときた。

「――元カノであるシノが忘れられないから君とは付き合えないゴメン☆　とかいう私の逆転ゴールみたいな展開ですかね!?」

「あるかそんな展開！　まったく……相変わらず夢みる夢子ちゃんねぇー……」

一蹴されたうえに、静江さんに馬鹿を見る目付きで詰《なじ》られた。

「普通に考えて、告白でしょ」

告白。

パァーンッッと、心臓一撃必殺で鉄砲で射貫《いぬ》かれたような衝撃が全身に走る。

ケイジが私以外の女に告白。

うん、もう別れてるからね。他の女と恋愛するのは自由だもんね。

でも私以外の女に、好きだと言っているケイジを想像して、苦しくて苦しくて息ができなくなる。

そんな私の様子を見て、静江さんが慰《なぐさ》めるように背中をぽんっと叩いてきた。

「シノちゃんが逆転ゴール決めるには、そうねぇ……。ケイジが一度その子と付き合って、やっぱシノちゃんのほうがよかったな、って戻ってくるパターンかしら」

そ、そっか。それでケイジがまた私に戻ってきてくれれば……。何年でも待つし……。

　私にだって武器はあるもんね。長く付き合ったゆえの居心地よさとかね！

「しかし長く付き合って食べ飽きた女より、新しく出会った新鮮な女のが目新しくて楽しいだろうし飽きないわよねー。待つ時間長そうねぇ、このままだと」

「……そ、うですよね」

　絞り出すような小さい声で、頷《うなず》く。

　私は未練たらたらで他の男と付き合えないのに、未練もなにもないケイジはこうもあっさりと……。

　と思うと心臓が抉《えぐ》れそうなくらい辛《つら》いけども。

「男は複数保存、女は上書き保存っていうじゃない。シノちゃんもさっさと上書きしたら？」

「……わ、私の気持ちはそんなあっさり上書きできるようなものではないので……」

　負け惜しみのように、震える声で、それだけ言い放った。

やることがなにもない休日は、ケイジと新しい女がカップルになってしまった展開を無駄に妄想していた。

自分を傷つけまくる趣味に勤《いそ》しんで、絶望で死にかけるごっこをリビングのソファで寝そべりながらしていたら、弟が妙におしゃれしながら、準備している。

「……？　失恋に立ち直れなくて、無理やり合コンでも行くの？」

髪の毛をいじくりまわす弟の準備の様子を、自分と重ねながら尋ねると、振り返った弟は満面の笑みで答えた。

「ううん、彼女と遊びに行く」

驚きで、大きく目を見開くはめになったし、顎が外れそうになったし。

弟に！　彼女が！　できていた！

私のリアクションなど気にせず、弟はちゃっちゃと愛する新しい彼女とのデートの支度を進める。

「え、だ、だってあんな好きだったじゃん……！　ストーカーするほどに……。静江さんのことなんでそんな簡単に忘れられるの⁈」

弟は頰《ほお》を染め、

「忘れたというか……」

恍惚《こうこつ》の表情を浮かべながら。

「良い思い出かな☆」

などと抜かした。

複数保存されたぁー!

静江さん、複数保存されてるよ?! 良い思い出になっちゃってるよ!

……静江さんのなかでは良い思い出にしてくれたほうが良いんだろうけど……。

「静江のことは確かに辛かったけど、それがあるから今の彼女に出会えたしね。僕をふってくれて感謝してるんだ。ありがとう静江! さようなら静江~~~!」

「そっか……」

挙げ句、超爽やかな後腐れないセリフを吐きだす弟。

………良い思い出かぁ。

ふいに訪れる不安。

ケイジもこうして私を、ただの良い思い出にしていくのかな……。

「いやなんでケイジの良い思い出にされてると思ってんの？　黒歴史の可能性もあるのに朝倉さんなんて」

ヘイトがすごい。

「だ、男性は複数保存とか聞きましたので……」

連絡すると、わざわざ家の下まで車できてくれた上に、寒いから車内で話そうと車に招き入れてくれたコウヘイくんに感謝しつつも、弟の件を話せば冷たい一言が返ってきたので、ぼそぼそと答えた。

「――で、本題はなに？　ケイジの親友の俺で上書き保存したいって？」

にやりと悪戯《いたずら》っぽく笑いながら質問してくるコウヘイくんに、私はエヘへと笑いながら、恐る恐る尋ねた。

「さ、最近のケイジと、紹介された女性との状況が知りたくてですね……」

露骨に顔がひきつるコウヘイくん。ストーカーきっもって目である。

その視線に耐えながらも、必死に身振り手振りで説明した。

「だだだだだって良い思い出になってしまったらと思うといてもたってもいられず。コウヘイくんに聞いたほうがケイジの気持ち確実かなって思いまして……告白するっていう予測を静江さんと立てて、それは真《まこと》なりか⁉　と気になっ」

「もう付き合ってるよ」

勢い良く捲《まく》し立てていると、コウヘイくんがかぶせ気味にさらりと言い放った。

――――。

一瞬で頭が真っ白になり、全く声を出すことができないまま固まってしまう。

「もう付き合ってるよ、新しい子と」

繰り返し、丁寧にコウヘイくんは言った。

「朝倉さんを傷つけたくはないけど、知らないなんて哀れだしね」

憐憫《れんびん》の視線を向けられ、ようやく頬をひきつらせてだが笑う表情が作れた。

付き合ってるよ、ってつまり。うん。そうだ、そうゆうことだよね。

ウン、なるほど、もう付き合ってるのか……。ようやく意味が飲み込める。

「そ、そうなんだ……」

絞るように出した返事は、とても掠《かす》れていた。

「べべべ、別に良いんだー！　私と新しい子と比較して、シノがいいなって思って、
戻ってきてくれたらって……」

「……あー、どうかな。けっこう相手に夢中かもね」

すがるような思いで必死に話すものの、コウヘイくんはあっさりと希望を砕いてきた。

この感情を一言で表すなら、吐きそう。

私が余りに傷ついた表情をしていたのか、コウヘイくんが珍しく慌ててフォローをしてくる。

「まあまあ、すぐに冷めて別れるって。付き合いたてだけじゃん盛り上がるの。あ、でも年頃だし盛り上がって結婚したらおしまいか。あはは」

フォローどころか殺しにかかってきてんじゃねーか。

ずううんと余計落ち込むと、コウヘイくんは意地悪く笑う。

「じゃ俺と付き合う？　今俺フリーだし。上書きしてあげようか」

いつものコウヘイくんの冗談に返事をしないまま、私は無言で、車から力なく降りた。

私を呼ぶ声に振り向きもせず、ふらふらと自宅に戻り、扉を閉めて自室に籠《こも》った。

ベッドにもたれかかりながら、へたりと床に座り込む。

……ああ、もう、なんだそれー。ケイジめー。

新しい彼女、さくっと作りすぎでしょ、もう。

静江さんの言う通り、逆転ゴールの展開を望むしかないんだろうけど、ただの妄想が現実となった事実に打ちひしがれる。

もはや涙は出ない。

今までのケイジとの思い出が詰まったアルバムを開き、丁寧にしまっていた写真を取り出し、そして、ためらうことなく、はさみでチョキンチョキンと切り続けた。


山姥《やまんば》は職場に再降臨していた。

髪はアホ毛とクセ毛が四方八方とびちり、服装はパジャマかな？　ってくらいしわしわで毛玉が大量についているワンピースもどきに、靴は畑仕事でもしてきた？　っつーくらい泥汚れがこびりついたブーツ。しかも踵《かかと》がとれかけている。

素顔を化粧で隠すことは一切なく、もはや社会人としての最低マナーである身だしなみを整えることなく出社である。

「うっわ、先輩どうしたんですかぁ～⁈　女捨てて山に籠るつもりですかぁ～？」

見かねたマリアが山姥の髪を梳《す》いてくれていたが、山姥はもうひたすら焦点あわない目でパソコン画面を見ていた。

「……元カレに……新しい彼女できたって……」

「あーん先輩可哀想～。こんな汚いおばさんになるほどショックうけて……これじゃ合コンも行けませんよぉ」

「…………色々と業務ファイル整理しよう。たくさん仕事をするんだ………」

いつもなら反応するマリアの失礼発言も特に響かず、一心不乱に作業をしていると、同部署の営業がばたばたと駆け込んできた。

「朝倉さーんごめん！　今から出かけるから、部長に代わりに連絡しといて欲しい。部署内でのやり取りメール送るから」

「………はぁ………」

言うなり走り去っていく彼の背中を眺めながら、届いたメールを開く。

朝倉さん、部長に企画チエック（添付ファイル参照）の連絡お願いします。

V部長すごいケチなのにプライド高いから、馬鹿みたいに褒めればOK。

＞＞頭おかしい・要注意・すぐ切れる、家庭内不和のやつあたりかと。

＞＞＞臭いし汚いし気持ち悪い。首切れて欲しい。


メールには、本題とは別に、部署内でやり取りされていたのだろう部長の悪口が、めっちゃ書かれてた。

「うきゃ、エグ～、部長って嫌われてるんですねぇ～」

マリアが画面を覗き込みながら、隣で笑っている。

そういえばマリアが自分の業務に集中する姿を一度だって見たことないな……？

私は私で、仕事しようとしても、ケイジの新彼女の存在がちらついて、実は全然集中できてないけども。

「……あれぇ先輩、その悪口を引用したまま部長にメール送っていいんですか？」

はあああ……ため息混じりの送信ズキュン……っと。

…………。

「え？」

時すでにすごい遅し。

頭が回ってなかった。本来であればメールを新規作成し送っておかねばならぬところを、もらったメールをそのまま部長のもとに転送し送りつけたのだった。大量に書かれた悪口とともに。誤爆オブ誤爆。

一瞬にして、全身が寒くなったり暑くなったりした。

「ぎゃあああああー！！！　ちょちょ、ど、どうしよう！」

悪口メールが本人に！　時よ戻って、もどってー！　ひいいい。

キーボードのバックスペースキーを無駄に連打するが、元に戻るはずもなく。

しかも同時にCCで、さっきの営業男にも同じメールを送っていたゆえ、

「朝倉さん、あんたなにやってんだー！」

走り去ったはずの営業男が、たった今送られてきたメールを確認したのか、携帯を握りしめながら、真っ赤になって怒鳴り込んできた。

「ぎゃー、ご、ごめんなさい！　私がぼーっとしてたから……！」

「そうゆう問題じゃないだろ!!　本当におま、何やってんだよ！　馬鹿じゃねーの!?

俺仕事ができない女って大っ嫌いなんだよッ」

「ひー、すみませんすみません……！」

平謝りだ。

「えー、元々営業が、部長の悪口書いてたのがよくないのに〜」

マリアがぼそっと反論してくれる。

マリア……。感動した。

「とはいえ巻き込まれたくないので、私はお仕事しますねぇ〜……ってあれぇ？」

マリアァ……！　感動は取り消された。

ひたすら頭下げ続ける私の腕を、マリアがつんつんと突っついてきた。

「ねぇねぇ先輩、ここの共有フォルダにあった重要ファイルが消えてるんですけど」

「え、なに、まじ、それはマズイね！」

この営業に怒られ続けている私に、平然と話しかけてくるマリアのまずさも含むが、確かにそこのフォルダはとても大事なファイルがまとめられているところだったので、確かにマズイのだ。

急に消えちゃうなんて、一体なにが……。

「最終アクセスが、先輩って表示されてるんですよねぇ」

え。

マリアの指し示す画面を見て、固まる。

重要なファイルが完全に消えている。それもいくつも消えているのだ。

身体《からだ》中からサァ〜〜ッと血の気が引いていった。

あっ、と。朝のファイル整理を思い出した。

「………ま、間違えて削除しちゃった……かも」

マリアが小さく悲鳴をあげた。あのマリアでさえ、事の重大さがわかっているのだ。

それと同時に、部署内からざわめきが始まった。

「あれ、俺の書いてた報告書消えた」

「うっそ！　集計データ全部飛んでる！」

あちこちから、悲鳴の声があがる。

次第に私が消した犯人であることに気づいた別の社員が、詰め寄ってきた。

「朝倉さんこれ！　消えてるんだけど、なんでこんなことしてんの！」

「す、すみませんごめんなさい！　全部作り直します！」

「間に合うわけないでしょ！　正午までに必要だったのに！　なに考えたらこんなミスができるの！」

「本当に申し訳ありません！」

なに考えたらっつーか、ケイジのことが頭いっぱいで、なにも考えてなかったっつー！

やばいやばいやばい、ひたすら頭を下げ続ける。

別れたケイジに彼女ができたショックで、ここまで仕事に影響を及ぼしてしまうなんて。

自分がばかすぎて自己嫌悪しかない！

ととと にかくファイルは全部作り直して、部長に謝罪して……。

ガンッ！　と突然大きな音がなる。

目の前にいた営業ががんっと苛立《いらだ》ち気味に、近くの椅子を蹴飛ばしていた。

ひっ。

「あー仕事できないやつマジで要らないわ。クビにしてくれよ」

営業男は、呟《つぶや》くようそう言って苛つき気味に私の横を通り過ぎていく。

こわ!!

「はぁー？　なにあいつ。最低ですね」

マリアが怒ってくれたが、最低なのは仕事を疎《おろそ》かにした私だ。いやまぁ営業も最低だった。

おまえも最低なんだよー！　それ声に出して言えないけどもー！

でもやっぱ恋愛で仕事疎かにした私が最低だ。

………上書きしたい。

ケイジへの想いを、上書き保存させてくれー！

＊＊＊

『またお局《つぼね》に怒られたんだけど!!』

『あー、どんな？』

愚痴がたっぷりある時は、速攻ケイジに連絡をとり、会社まで迎えにきてもらい、一緒に帰った。

『お局さんがレースふりふりの私服きてたから、お局さんって年齢のわりに格好が若いですね☆　ってヨイショしたらちょう怒られた』

『いやそれおまえが悪いんだろうが……。明らかに煽《あお》ってんじゃねーか』

『違うの……！　感想を求められて、とっさに出てきちゃっただけで、もっと違う言い方で褒めるつもりだったの！　可愛《かわい》いですね……少女趣味なんですね？　とか、年齢考えないところがセンス感じます、とか……。とっさに出てきた言葉があれだったの！　なのに怒るなんて信じられないよね！』

『だから煽ってんだよ‼　こっちが信じられねーわ！』

『しかもお局の不倫現場を見てしまって、これはー！　と思って、テンションあがりすぎて、同期に〈やばいお局さんが〇〇さんと不倫してたんだけど！〉ってメール送ったら、まさかのお局に送ってた』

『なにやってんの⁉』

『自己嫌悪すぎる……なんであの時宛先ちゃんと確認して送らなかったのか。うっうっ』

『……悪いことすると自分に返ってくるといういい勉強になったな。これからは本題＋褒め言葉ひとつ入れとけよ。少女趣味なんですね、可愛い～。不倫してたんだけど、でも素敵～。こういう感じで。てきとうに』

ケイジのやる気ないアドバイスに憤慨する。

しかしいつの間にか胸のつかえがなくなっていることに気づき、隣を歩いているケイジの手をぎゅっと握った。

『ケイジは私の心のサンドバッグだね……ありがとう……』

『サンド……悲しいことにその通りだから何も言い返せない。まーいいよ。シノのサンドバッグになれるなら本望だ。どんどん殴れ！　全部受け止めてやる』

『え、マゾこわ……。近寄らないで……さよなら』

『おい』


いつでも仕事の愚痴を常に聞いてくれる存在は、もういないんだなぁ。

いつかのケイジとのやりとりを思い出し、実感する。

今日は、どうにかファイルを作り直し、部長に死にものぐるいで謝罪しに行き、大量の始末書を提出し、とても重い足取りで会社を後にした。

クリスマス目前の街はイルミネーションで彩られ、とてもきらきらしていたが、私の気持ちは底なし沼のようにずぶずぶ沈んでいた。

「…………はあ。ケイジに会いたいな……」

ってああ、だめだめだ、ケイジのことは今は忘れよう。仕事を失敗ばかりして、ほんとそのうちクビになる。

この気持ちを他の男性で上書きできたら、とても楽だろうな……。

そもそもケイジのことを忘れられるほどの男性に出会える気がしないけども……。

そんな男、どこに……。

…………あ。

『――なに、またケイジの近況知りたいの？』

思い立ったらすぐに、片手で数えられる男友達であるコウヘイくんに電話をしていた。

すぐに電話に出てくれたことに、ほっとする。

「あの……近況とか、そうじゃなくて」

とても言いにくいし、恥ずかしい。

『なに？』

でも勇気を振り絞る。

「う、上書き保存したくてですね……」

しどろもどろになりながら、精一杯そう言った。

しばしの間、電話口で沈黙が流れる。

緊張して死にそうだった。

『は？――――え？　俺？』

コウヘイくんが、あまりに驚いたのか、素《す》っ頓狂《とんきょう》な声をあげていた。

緊張がピークに達し、携帯を持つ手が震え始めた。

こんなこと言ったら引かれるかもしれないのに。

そんな私の事情を知らないコウヘイくんが、とても静かに、ゆっくりと続けた。

『……。本当に俺でいいの？　朝倉さん』

「うん、コウヘイくんしかいなくて……」

『まじか。じゃあこれからよろしくね』

「ウンこちらこそ……。え、よろしく？　なに言ってるの？　気でも触れたの？」

『なんなんだよ』

営業男に負けじと苛つき気味の声が、舌打ちとともに返ってきた。

「だからね！　近況っていうか、ケイジの知られざる秘密が知りたいの！　それってコウヘイくんしか知らないんじゃないかな〜〜って」

　きゃーストーカーみたいで引かれてしまうー。

『は？　引くわ』

　案の定引かれてた。

「違うの、違わないけど、あのね⁉　ケイジへの好きな気持ちを持ってると辛くてですね⁉　つまり、ケイジの嫌な面を知り、別れた直後みたいに、失望っていう気持ちで上書きしたいっていうか〜〜……」

　頭おかC〜ヤバE〜なこと言ってるのは承知している。

　承知はしてるけど、結局、私の気持ちを上書きできるのはケイジしかいないことに気づいた。

「ケイジが私と付き合ってる時に、実は浮気してたとかないかな⁈　そういったマイナス情報ください」

　怒りを人工的に発生させ、忘れる強引な手法である。

　コウヘイくんが、電話奥で嘲笑していた。

『ふぅーん。そんなんでいいんだ』

「あ、あるの!?」

ひっこわい。緊張する……！

電話の向こうで愉しげな笑い声が聞こえる。

『そうだねぇ。いつぞやか、俺とケイジで――』

「あ、ごめん。もういいや、着いちゃった。徳川くんこっちこっちぃ〜」

コウヘイくんが素っ頓狂な声を出していたが、そのまま電話をピッと切ると、待ち合わせ人に笑顔で手を振った。

帰宅ラッシュで人間が溢れかえる駅前で、壁に寄りかかりながら携帯をいじっていた徳川くんは、私に気づくと、微笑《ほほえ》んで手を振り返してくれた。

すらりとした長身の徳川くんは、会社帰りのサラリーマンらしくスーツをビシッと着こなしていた。ビシッとね。

キャー、スーツ王子徳川だァァァ。

「う、う、萌《も》える。ケイジより萌える。圧倒的な王子様クオリティ。目の保養だけで上書き保存できるかも……」

一瞬で意見が１８０度変わった瞬間。

「今電話してた？　ごめん、邪魔しちゃったねテロリスト・シノさんの」

「ウウン大丈夫大丈夫ー。コウヘイくんに頼みごとしてたんだけど、聞くの怖い――テロリストってなんなん！」

本日の職場テロ事件の加害者であることを、まざまざと告げられ、憤った。

徳川くんとは、本日のやらかし出来事と称して送った愚痴メッセージがきっかけで、帰りがてら話聞くよ〜と会うことになったのだが、慰められるどころか煽られてる。

……うっかりコウヘイくんの名前を出してしまったが、特に気にした素振りもなくホッとした。

「もう大変だったんだよ……全方位に頭下げてさ……。皆に迷惑かけたことが身を切るより辛かったです」

「ケイジくんとの別れよりも？」

「それはない」

ぶはっと吹き出すよう笑う徳川くん。失敗談を笑ってくれるので、ケイジに愚痴って癒されていた時とはまた違う癒しを受け、少しすっきりする。

けど、やっぱり、いつもすぐに私の心のしこりをとってくれてたのはケイジだったな……。新しい彼女の愚痴も優しく受け止めてるんだろうな……。

ってまた思い出しちゃってる。もうやだやだ。

「ねえ、徳川くんは、カグヤちゃんのことをどうやって忘れられたの？」

駅構内を、並びながら歩いていく。

「私、ケイジを忘れたくて……。ずっと片想いでオッケーだし数年待つって気持ちはもちろんあったけど、でもこう……非常に今辛くてですね……」

忘れたい……とぽろりと呟いた。

徳川くんは眉根を寄せて、うぅーんと首をかしげた。

「僕とシノちゃんじゃケース違うから、なんの参考にもならないと思うけど……でも」

凛《りん》と通った声で。

「忘れられてないよ」

意外だった。とてもさっぱりとした表情で、徳川くんはそう言い切った。

「長く付き合ったしね、簡単に忘れられるわけないよ」

「…………そうなんだ……未練もなにもないものかと……。そうなんだぁ……」

じゃあ私だってそう簡単に忘れられるわけないか。

……ケイジもそうだといいな……新しい彼女がいても、忘れられないといいな、私。

もはや受け身でしかいられない私の切な希望。

思い出話にも華が咲き、会えなかった年数分の話をたっぷりしていると、時間はあっという間に過ぎていった。

帰宅方向が違うにも拘《かか》わらず、家まで送ってくれるという徳川王子様エスコートを受け、そろそろ自宅に着こうとしていた。

——……あれ？

家の前に着くと、見覚えのある車が停まっていた。

待っていたのだろう。私が到着すると、すぐに車の主であるコウヘイくんが、笑みを浮かべながら降りてきた。

「途中で電話切れるから心配しちゃったよ。ケイジのこと知りたがってたのにさ」

「あ、ありがとう……？」

え、そんなんで、いちいちくるの？　めっちゃ律儀な性格になったね⁉

と、疑問たっぷりにコウヘイくんを見やるが、肝心のコウヘイくんは、言葉とは裏腹に私など眼中にない様子で、隣にいる徳川くんをずっと見ていた。

その隣にいた徳川くんから発せられた声が、あまりに低くて驚いた。

「……シノちゃんって、この人と仲が良かったんだね」

コウヘイくんが口の端をつりあげて笑う。

そう、このふたりの間には、紛れもなく——……。

「徳川てめぇ、相変わらず存在が邪魔、目障りな野郎だな」

「恐縮です。きみに有り難がられてもね」

火花めっちゃ飛んでいた。

一瞬にしてここはヘイト空間になった。

「は？　いきなり突っかかってくるとか。カグヤの躾《しつけ》失敗で逆恨みしてんじゃねーぞコラ」

「彼女を躾るものだと認識してる性根に反吐《へど》が出るねぇ。支配欲の塊の猿かな」

そ、そうだったー。このふたりはカグヤちゃんの件できっと色々あったに違いなかった。

詳しく知りたい野次馬根性が飛び出しかけたが、空気を読んで黙り込む私。

「不愉快な野郎の顔拝んだせいで気分悪いわ」

「奇遇だね、僕もずっと聴覚がレイプされて気分悪い」

ぴりぴりした空気が漂う。

え、えー。もう社会人になってこうゆうケンカっつーの？　いいんですけどー。

コウヘイくんがキスするんじゃないかっつー距離で徳川くんを睨《にら》みつけている。もういっそ背中押して事故チューさせるかとか、某お笑い芸人みたいにとにかくケンカからのチューして平和になってくれないかなって願った。

しかし願い虚《むな》しく、閑静な住宅街で続行されるケンカ。

「つぅかテメー、朝倉さんがケイジと別れた途端に、自宅に送るとか下心丸出しできめぇわ」

「シノちゃんを自宅前で張ってるストーカーの自己紹介かな、なるほどでーす」

「はあ!?　誰が好き好んでこんなヒステリック地雷女をストーカーすんだよ!!」

いきなり予想外の方向から被弾した。

「失礼な。シノちゃんが地雷女なのは周知の事実だから、いちいち言わないでいいよ。

傷つくでしょうがシノちゃんが」

えっ、フォローになってない……ていうかフォローする気もないなこれ。

「あぁ……カグヤを俺にとられて今度はその地雷狙いってわけか。ゴミ漁《あさ》りしてて哀れだわ、かつての高校の王子様が」

え？　待って待って〜、この会話、え、なに？　今私のことゴミっつった？

「そういえばシノちゃんは昔その王子様を好きになってくれたことあったよね。ゴミにふられた哀れな君と違ってね」

アッレェ〜、まじゴミゴミ言ってるよねこいつら？　ヘイトが一直線に私に着弾してる。

「ゴミに好かれてることは自慢になんねーんだよッ」

「だからそのゴミにふられた哀れさんは誰」

こいつらの攻撃の矛先が、私に向けられていることを確信した瞬間だった。

どうしよう、このふたりへの憎しみが増したおかげで、一瞬ケイジが忘れられてる(？)

徳川くんは重く息を吐くと、一歩後退した。

「僕とシノちゃんが仲いいからって、嫉妬してわざわざ会いにこられてもねえ……」

「あぁん!?」

刻みに刻まれた眉間《みけん》の皺《しわ》が凄《すさ》まじいコウヘイくんが、今日一番の叫びをあげた。

夜も遅いというのに周辺に響くこの怒声に、ご近所さんへの説明をぼんやり考えた。

「誰が妬《や》くかよ！　死ね！」

「僕たちが一緒だって知って駆けつけてきたんでしょう？」

「親友の元カノがヤケを起こさないため見張ってるだけだ！」

「見張ってるってガチでストーカーじゃないですか……言質《げんち》がとれてしまった……。

可哀想にシノちゃん……こんなに震えて……」

震えてるのは、このふたりから私に向けられるヘイトのせいである。

「だから嫉妬じゃねぇしストーカーでもねぇんだよ!!」

とにかくプライドの高い高慢ちきちきコウヘイくんは、私のような底辺を嫉妬していると思われるのが我慢ならない様子で、怒りで顔が真っ赤だった。

余裕綽々《しゃくしゃく》の徳川くんと違い、火がついている導火線状態のコウヘイくん。

不穏な空気が漂い、めちゃくちゃ気まずい。

……よ、ヨ〜シ、こうなったらここは私が場を和ませよう。

そう決めて、精一杯の笑みを浮かべた。

「ねえねえ聞いてよー。今日仕事でやらかしちゃってサー。なんと部長に悪口メールを送っちゃったのです。ドッ」

ドッと自分で笑い声作りあげ、場の空気を変えようと話し始めたのにフルシカトされる。すごい滑った。ここは地獄。

「………つーか朝倉さんはどっちの味方なわけ」

「え？」

コウヘイくんの投げかけに、一瞬固まる。

「そりゃ僕だよね。シノちゃんは僕のこと大好きだもんね。ね？」

「え？」

徳川くんがにっこりと私に笑いかけてくる。

「テメェみてぇな女々《めめ》しい野郎の味方するわけねぇだろ。こっちきなよ朝倉さん」

コウヘイくんに空いている腕を摑《つか》まれる。

「うわーイヤらしい。さりげなく触った。こっちに逃げておいでシノちゃん」

徳川くんに空いている腕を摑まれる。

「おいテメェ放せよ」

「本当に気持ち悪いなぁこの人、自分のことを棚に上げて」

「あの、ふたりとも落ち着いて――……」

拘束されたままケンカを始めたので、ひとこえ掛けると、ふたりが同時に私へと振り返り、にっこりと微笑んだ。

「俺を裏切ったら、ケイジと別れた朝倉さんに価値ないから、即殺すよ？」

コウヘイくんは鬼になっていた。

「どっちの味方か正直に答えていいからねシノちゃん。返答次第じゃ今後の付き合いを考えるけどね」

先程までの優しい王子徳川は消えていた。

コウヘイくんが、摑んでいた手にさらに力を込めた。

徳川くんは私の手をさらに引っ張った。

両手が引きちぎれそうなくらい痛い。

「やったーエヘヘ両手に華だー。吐きそう（？）」

素直な感想を述べた。

「吐きそう？　ああ徳川に触られてね。わかるよ朝倉さん。ほら、てめぇさっさと放せよ。気安く朝倉さんに触ってんじゃねーぞ」

「それって自分以外に触らせたくないってこと？　嫉妬がいきすぎて怖いんですがやべぇ。よりケンカを煽ってしまった。

「だから嫉妬じゃねぇつってんだろ！」

「自分の行動を顧みれば。わざわざシノちゃん宅まできておいて今さらなに言って」

そう言った瞬間、徳川くんの襟首が、コウヘイくんに摑まれた。

「だからッテメェ……俺は嫉妬でここにきたんじゃねぇんだよ！　舐《な》めんじゃねぇ!!」

コウヘイくんがぶちきれた。

「俺が、朝倉さん家《ち》にきたのはなぁッ――――」

「きたのは～？　告白ですか～？　シノちゃんのことずっと好きだったんじゃないの～？」

などと煽る徳川くんに、え、まじで、そんな、まさかと挙動不審になる。

昔コウヘイくんに口説かれたことは確かにあるし、何度も自宅にわざわざきてくれてるし、この前は冗談で付き合う？　みたいなことも言われたけど……。

ええ――っ。ヤバイそう考えるとめっちゃ思い当たるふしあるーッ。

コウヘイくんと目が合う。顔が真っ赤だ。

――まじで！

えぇーまじでぇーうそぉーええええどうしよう。いやどうしようもなにもケイジに片想いって決めてるから、そこはアレだけども、でも、えぇーめっちゃ気まずいーっ。

焦ってカアア〜〜と赤くなる私をよそに、コウヘイくんは腹の底から思いきり叫んだ。

「女帝に刺されそうで怖くて家に帰れないんだよ!!」

だよーッ……だよー……だよーっ……。

静かな住宅街に、悲痛な叫びがこだました。

その事実が恥ずかしすぎるのか、コウヘイくんの顔は林檎《りんご》のように赤く染まっていた。

私も勘違いが恥ずかしすぎて顔赤かったけども。

「……あ、そ、そうなの？」

　徳川くんのポカンとしている姿に、コウヘイくんは赤くなりながら睨みつけてきた。

「……ッてめぇバカにしてんじゃねーぞ。こっちは毎日アパートに張り付かれてんだぞコラ。すげぇ怖くてケイジと一緒に縁切り寺にも通ってんだからなッッッ」

　そこまでー！

　神さまにお願いしなきゃならないくらい手に負えない女帝のすごさよぉ。

……ん？　ケイジと縁切り寺？

「最低だね縁切り寺なんて。無責任すぎ、恥を知れ」

「うっせーんだよ！」

　ふたりのケンカが、もう頭に入らなかった。

　縁切り寺……。ケイジが？　ケイジも私との縁を切ろうとしてるってこと……？

いやいやコウヘイくんに付き合ってるだけだよね……え？

「電話は1日に何十回も掛かってくるし、アパートの下には毎晩張り付かれてるし、もう縁切り寺しか手段ないんだよ！　いつか刺されそうで怖いんだよ俺はー！」

　悲痛すぎるその悲鳴に圧倒される。

そ、そっか。そりゃそこまでされたら縁切り寺にも行っちゃうよね。

私は、確かにヨリ戻したいと連絡は送ってしまったし、カグヤちゃんの騒動で一度会ってしまったけど、それ以外はしつこく迫ったわけじゃないし……。

私と縁切るために願掛けなんてしないよね……。

ないよない、ウン、大丈夫。縁切り寺に行かれるほど、私はなにもしてない……！

「ふう、よかった」

思わず漏れてしまった声に、コウヘイくんは敏感に反応し、強く睨んできた。

「ひどいね朝倉さん。人の不幸を喜んで」

「え？　チガウチガウ。自分の行動に安堵《あんど》してただけだよ」

やばい怒りがこっちに向けられる。

怪しむコウヘイくんに、私は慌てて説明した。

「なにもしてなくてよかったなーって……」

本当よかった、なにもしてなくて。しつこく迫ってたらアウトだった。危ない危ない。

………アレ？

言ってから、ふと思った。

私、本当になにもしてない、な……。

女帝なんて、コウヘイくんにふられても今まさに追いかけ続けてるし、弟も静江さんの家張ってまで引きとめようとしていたし、カグヤちゃんは作戦立ててまで、徳川くんを取り戻そうと頑張っていた。

なのに私は……。

ケイジの気持ちが落ち着くの待ってたら、新しい彼女できちゃって、じゃあ次は『やっぱシノのがいいわー』ってなってくれるまで待つ！　つって、また待って……。

すごい待ってる。超受け身。

女帝のように粘着に追いかけてないし、弟のように無様に引きとめてないし、カグヤちゃんのように姑息に作戦立ててない。

驚くほどに何もしていない事実。

「別れた女に追いかけられるのが、どれほど不気味で怖いか……ッ」

コウヘイくんの必死な声が、耳に入ってきた。

そ、そうだよね。気持ち悪いとまで言われたのに追いかけたら、それこそ縁切り寺行きだよね。

ケイジに悪印象しか与えない。今度こそ致命的なくらい嫌われる。

だから、正解。

ひたすら、なにもしないで、待ってる私は正解。

……。けど。

本当にそれでいいの？　と、心が煽ってくる。

〝重いほうが嬉《うれ》しい〟

ケイジがいつか言ってくれた言葉を今更思い出す。

粘着でもいい。無様でもいい。姑息でもいい。

私がもし真剣に、あの3人を乗算したくらい追いかけても、ケイジはきっと引いたりしないし、それで嫌いになったりしないし、間違いなく縁切り寺になんか行ったりしない。

そんな人間じゃないことは、長く付き合ってる私が一番よく知ってるはずだった。

そうだよ、ケイジは——いつだって私を大事にしてくれてた。

なにしてるんだろう、私。

待ってばっかで。

私はずっと、なにしてたんだろう。

「……私、行く」

意識せず、口から出た決意。

ケンカまっさい中のふたりが、突然ひとりごとを呟く私に、不可解そうに一斉に目を向けてきた。

携帯を取り出し、現在時刻を確認する。

「21時……帰ってくる頃かな……狙うなら今だ……」

いつだって、ケイジが追いかけてくれた。

私が口癖を言うたびに、繋《つな》ぎ止めてくれた。だから7年も一緒に過ごすことができた。

私は、いつもいつも、ばかみたいに受け身で、結局ケイジがまた追いかけてくれるのを待っているだけの、超受け身の究極クソクソ構ってちゃんだったのだ。

「え、まさか……ケイジのところに行く気？　俺の話聞いてた⁉　女帝に追っかけられて今まさに俺は怖い思いしてるんだよ⁉　終わるよ朝倉さん！」

る。

「ケイジは図太いから平気!!」

コウヘイくんの意見をぺいっと一蹴すると、徳川くんもかぶせ気味に話しかけてく
「でもこのあいだ、気持ち悪いって言われてたよね……?」

「あーそれね、きっと前の晩飲みすぎで気分が悪かっただけだよきっと☆」

すげーポジティブに解釈し始めた。どえらいポジティブ。

ふたりは息ぴったりで私を制してきたが、ふるふると首を横にふる。

「あのね、今までの私って、基本何とかなるさ人生だったのね。友達も彼氏も積極的に作ったりしないし、決められたレールの人生歩きたい人間っつーか。中学の頃、担任の先生におまえはどうしたいんだーって進路聞かれて『やーまだ何も考えてないですアハハ。なんとかなるかなー』って言ったら、『なんとかなる人生はなんとかならねぇんだよ!』って、ぶちきれられてさ……。先生に怒られたのは後にも先にもあれで最後かな……逆鱗《げきりん》に触れちゃったみたいでさ……でも結果として、なんとかなったわけだけども」

オチもなにもない話を、真剣に聞いてくれるふたり。

「でも！　今はなんとかならない局面にきてるっていうか、ここだけは受け身じゃだめなんじゃないの⁉　っていう。大事なものは取りにいかなきゃならないんだよってという想いが溢れてきて！　ここが人生の最重要分岐点じゃないのかなって……アレちょっと、今のここが話の盛りあがりどころなんだけど。欠伸《あくび》するのやめてくれる」

拳をふりあげ真剣に話しているのに、欠伸し始めたふたりにクレームを申し付ける。

ごほんと咳《せ》き込み。

「と、とにかく、ケイジが欲しいなら待ってるだけじゃダメだってことに、今更気づきました」

気づくのが遅すぎたけど。

「徳川くんとコウヘイくんのおかげで目が覚めたんだよ。私はずっとメンヘラ構ってちゃん女だった……地雷女だし……ゴミだし……。言われた言葉は胸に刻んで生涯覚えていくつもり……」

シノちゃん……、朝倉さん……、とふたりが申し訳なさそうな顔をするものの、特に言葉の訂正や謝罪や土下座はなかった。

「生涯覚えてるからね……」

繰り返したけど、ふたりは真面目な顔で頷くだけだった。より憎らしくなった。

徳川くんがぽんっと背中を押してくれる。

「……それじゃあ夜道気をつけるんだよ」

「完全にふられたら俺が慰めてあげる」

コウヘイくんにも背中を押される。

私は背中を押され、数歩ほど進んでから、笑顔で振り返り、

「ふたりともありがとう――……まじ傷ついたわ爆発して塵《ちり》となれ生ゴミどもめが！」

罵倒した。根にもっていた（？）

そしてふたりに軽く一礼して、その場を駆け足で去っていった。

ケイジの家に向かっていると、今までケイジと過ごした時の思い出がフラッシュバックのように溢れてくる。

ここはケイジと手を繋いでよく歩いた道だ。

途中、野犬に襲われ、ふたりで必死に逃げたこともあった。

『ケイジ、ありがとう！　野犬が向かってきた時、咄嗟《とっさ》に私のことを、逃げながら庇《かば》ってくれたの見たよ……！』

『そりゃ、な！』

『私なんて……。心のなかで、野犬様頼むぅー襲うならケイジを襲ってくれーケイジなら野犬と戦えるから神様ー！　ってお願いしてしまったというのに……』

『おい……と言いたいところだが、シノに傷をつけるわけにもいかねーから、それはヨシとしよう。俺と一緒にいながらシノが傷物になるとか親御さんに顔向けできん』

『？……もうケイジが私を傷物にしてるのでは？』

『人が良いこと言ってる時に、真顔で下ネタ言うのやめてもらっていいですかシノさん』

『え……私は、このあいだケイジが転んで、巻き添えで私まで怪我した時の話をしてるんだけど……なに……』

『あぁそっちな！　はいはい俺が悪かったですよ！』

他にも初デートの牛丼屋での他愛のない会話、ものすごくつまらなかった映画を鑑賞し、ふたりして同じシーンで寝落ちしたこと、失敗した手料理（ゴミ化）を無言で完食してくれたこと。

ちょっと背伸びしてフランス料理屋に行ったこともあった。

楽しかったケイジとの思い出が、次々と溢れてくる。

まぁむかつく思い出もあったけど。色々あったわ。ウン。

でも思い出で満たされているこんな状態で、どこの誰を、私は好きになって、上書きできるのか。

きっと一生ケイジ以外好きにならない自信がある。

私の家からケイジの家まで、車で12分くらいの距離にある。徒歩なら倍の倍の倍はかかるけど、それでも私は野犬が出る道を走りきり、静かな住宅街を駆け抜け、息を切らしながら、ケイジの家の前にようやく到着した。

顔をあげ、2階にある部屋の灯りを確認するが、ついていない。

まだ帰ってきてないんだ……こんな早く寝るとも思えないし……。

よし、待ってよう。

寒い。寒いぞ！

走ったあとの汗が急速に冷えていく。そもそも徳川くんコウヘイくんのケンカに付き合ってた時も含めると、外にいる時間長すぎて身体冷えまくっている。

鼻水も出てきてしまった。あー寒い寒い寒い。

焚《た》き火《び》起こしたい。イカンイカンそれだと放火魔だ。


「――――シノ？」


住宅街に響く私を呼ぶ声。声の主は、ただただ驚いた目で私を見ていた。

会社帰りでくたくたよれよれなスーツを着たケイジは、呆然《ぼうぜん》と立っていた。

私がここにいることが信じられないよう。

そりゃそうだよね。別れた女がね、ここにいるんだもんね。

ああ弟よ、当時はストーカーとかばかにしてごめん。

こんな一か八かの恋なら、そりゃ占いにすがりたくなるよカグヤちゃん。

女帝さんもありがとう、今までなんでこんな熱いんだ？　とか思ってたけど、その姿勢に共感します。

今の私がみんなの全部それだから。

「会いにきちゃいました………!!」

今度は私が追いかける番。

6章　告白

今さら思い出した。

私は山姥《やまんば》だった。

すっぴんだし、髪ぼさぼさだし、格好も毛玉おばけだし、寒くて鼻水出てるし唇は紫色になってる。

ヨリ戻しにきた女の格好ではないのは明白であった。

「あ、朝倉シノです」

私の姿を見て、硬直しているケイジに、ひとまず頭を下げて、自己紹介した。

「あ、どうも。佐山ケイジです」

ケイジもつられて頭を下げてきた。

「……って言ってみたものの、びっくりしたわ! 家の前にやべぇのいる……落ち武者みたいな……化物が……と思って凝視したじゃねーか!」

「そこまでは酷《ひど》くなくない?!」

「いや鏡を見ろ。女の子なんですから仮にも……山姥そのものだぞ」

「仮にもってなに?? ころす。山姥なのはわかってた、ころす」

いつもの軽口のやり取りが、すぐに始まる。

……ああケイジだ。

姿を見て、会話をして、改めて嬉《うれ》しさが込み上げてくる。

「んで、今日はどうした？」

会話の余韻なく尋ねられれば、しどろもどろになる。

言いたいことがありすぎて溢《あふ》れ出る言葉を、口に出す前にまとめなければ。

まずはとにかく謝罪だ。

ケイジに酷いこと言ってごめんなさい。

気軽に別れたいと言って、言われる側の気持ちわかってなかった、考えてなかった、ごめんなさい。

それから……いかにケイジが大事だったかを説明して、もう一度付き合いたい旨を伝える、と。

「――俺、会う気はなかった、って言わなかった、っけ」

言おうとしてすぐに、ケイジから容赦のない一言を突き付けられ、息をのむ。

私は会えてすごく嬉しかったけど、ケイジはそうじゃないということを、嫌でも突き付けられる。

完全な一方通行。

「ウン、それは……でも……話だけでも、したくて………」

声が震える。

「なんだよ」

返された言葉にびくりと肩を震わす。どこか威圧を感じてしまう。

付き合っていた時は、私がケイジを尻にしいてたけど、今は完全に立場逆転してしまっていた。

女がすがる恋愛は惨めだと、静江さんは言っていた。

確かにそうかもしれない。

でももうそれでいい。

私はケイジと付き合えたらそれでいい。

結婚しなくてもいいし、新しい女がいてもなんでもいい。なりふり構っていられない。

私はケイジが好きなのだ。

意を決し、言う。

想いの丈を、いざケイジにぶつけるのだ――――。

「うるさいばか!! ケイジのフットワーク軽男の下劣ちんちんヤローーー!!!!」

ぶつけたら、フルスイングで逆ぎれしてた。

ぎょっとするケイジ。

「なんなの!? なんでそんな別れた途端、冷たくなるの!? もう私のこと嫌いになったってことなの!? あっさり次の女にいきやがってこの下劣ちんカス早漏クソ男ォォ!!」

「いや下劣なのおまえ!? 女の子がそんな単語連呼しちゃいけません!」

ぶるぶるとかぶりをふる。

「たしかにっ……たしかに、気軽に別れ話ばっか言ってた私はダメだった……。人間性が心底カスだった! 豚だった、カスだ豚だとんかつだ……豚だ!!」

「いや、そこまで自虐しなくても……語彙《ごい》少なっ」

「――私っ、いつもケイジが折れてくれてたから、今回また折れてくれるんだろうなって思ってた……。甘えすぎてた。意にそぐわないと、別れ話を持ちかけてケイジを傷つけて……。こんなに本当の別れが辛《つら》いなんて知らなかったよ……。本当にごめんなさい……」

勢い良く、深く頭を下げる。ケイジが今どんな表情なのか全くわからないけど、私は自分の想いをひたすら吐き続けた。

「……たしかに、長く付き合った挙げ句に、結婚する気ないって言われた時は、こいつ糞《くそ》だ塵《ちり》だ地球汚染の不燃ゴミだってそれはもう本気で思ってたけど……」

「――おまえ謝罪するのか貶《けな》すのかどっちかにしろよ⁉　つかさりげなく俺の時だけ語彙増えたな！」

「だからねっ」

顔を一気にあげる。

自分でも謝罪なのかただの言い訳なのか、何なのかわからなくなっているけど。

「二度とそんなこと言わないし、結婚なんてもうしなくていいし、料理頑張るし、今日を最後に山姥から卒業するし、ケイジが自慢できるくらいの彼女になってみせるし、だから――」

必死だった。

「ケイジともう一度やり直したいです……！」

そう言って、再び頭を下げ、強く強く言い切った。

脳裏には、ケイジと別れて苦しかった毎日が浮かぶ。

どれだけ好きだったのか身に染み、別れたことはどれだけ身を切る辛さだったか。

「……私、ケイジじゃなきゃ無理だって、本当にわかったの……！」

まとまりきらないほど溢れた自分の気持ち。本心中の本心。

「シノ……」

心臓が早鐘のように打つ。

顔をあげてからの、ケイジと見つめ合う時間は、永遠のように感じられた。

普段は照れて言えないことも全て伝えた、丸裸な自分の気持ち。

想いは間違いなく伝わっていた。

なんだったら手応えすら感じていた。

なのに。

「いや、うーん……」

思いの外、ケイジの反応が悪く、言葉を詰まらせていたため焦る。

これはやばいと、瞬時に察した。

「も、もちろん、ケイジの気持ちが新しい子にいってるのはわかってるけど……！」

だめなの⁉　もう全部遅いの⁉　どうしよう……！

なにか、なにかないかな、ケイジを惹《ひ》きつけられるなにか……。

ハッ。近日騒動を起こしてくれたカップルが思い浮かぶ。いい参考材料がいた。

「そうだ、ケイジ、二股しよ⁉」

「――はい？」

当惑の表情を浮かべるケイジ。

それを無視し話を続けた。

「そうだよ、そうしよそうしよ。私、全然いいよ⁈　カグヤちゃんがしたように、ケイジもして⁈」

以前は、ケイジが他の女と会話しただけで嫉妬していた超絶重い女だった私……。

それが、この信じられないくらいの飛躍っぷりの包容力。成長を感じるっひゅぅ〜。

「もちろん相手の女から、いずれ私が奪い返してやるって思ってるけどね！　そこはね！」

吹っ切れた私は、男前な性格にバージョンアップしていた。

「二股はしねーよ！」

しかし提案は即否決されてしまった。

「え……してよ！　してくれないと困ります。チャンスくれないと」

「そんなこと言われてる俺が困ります！」

「やだやだしてしてよ、二股してよ！」

うわぁぁとわがまま女子よろしく、地団駄すらするが、私の様子など気にせず、ケイジは答えた。

「アホか！　好きな女を泣かせるような真似《まね》はできるか！　つーか……したくない」

私の騒ぎっぷりと真逆の、ケイジの落ち着いた物言いに、気持ちが一瞬にして曇る。

好きな女……。

そっかぁ……。新しい彼女を、そんなに大事にしてるんだね……。

……私もきっとこんな感じで、ずっと大事にされてたのに、自ら手放してしまった。

「二股してよ！」

でも無視した（？）

「だからしねーっつーの！　落ち着けシノ！」

「私は落ち着いてるよ……！　ケイジの気持ちが好きな人にある今、こうでもしないと取り返せるきっかけが」

無茶苦茶なのはわかっている。でも必死なのだ。

今ここで食い下がらないと、もう取り戻せないから。

「だから、ケイジの話をしてるんだ、おまえは！　ほんっと困るわ！」

「そんなん7年前から変わってねーよ！」

「7年前……!?　そんな頃から好きだった子を紹介されて……あ、エリカか」

「誰だよ！　あ、いやいたなあ、そんな子もうんうん。……いやちげーよ、なんでそうなる」

「違うの!?　じゃあ誰――エッ？」

…………。

……。

だって、だとすると。

え、まさか？　と、面食らってポカンとした。

ケイジは、至って真面目《まじめ》に硬い表情のままだった。

「で、でも、新しい彼女って？　アレェー？」

混乱しかない。

ケイジが呆《あき》れきった顔をしていた。

「どこから吹き込まれたのか、なんとなく見当つくけどな……」

はっとした。

私は静江さんに慌てて電話を掛けた。

「新しい彼女って⁈　ケイジそんなん、いないみたいなんですけどー⁈」

『だってー、シノちゃんが受け身すぎてイライラしたから背中押そうと思って。大正解でしょ』

「ハアアアー⁉　友情感じましたわどうもありがとう‼」

ピッて切って次なる戦犯のコウヘイくんに掛けた。

同じ質問を繰り返した。

『ん〜？　俺、別にケイジとは一言も言ってなくない？　それより徳川のこと殴っていい』

「そうだよねあなたうそつき野郎だもんね基本‼」

ピッて切った。

はああああ⁈　なんなの⁉

周囲にくっそくっそくっそ振り回された！

新しい彼女もできておらず、好きな人がずっと私で変わらないなら、日々落ち込むことも、こんな山姥になる必要もなかったのにー。

………。

アレ？　てことは、つまり――。

呆然《ぼうぜん》とケイジを見ると、お互いの視線がぶつかった。

「……俺は、好きな女いるのに別に彼女作るほど器用じゃねーよ」

その女が、間違いなく自分であるということに嬉しさを感じると同時に、不信感が募る。

「じゃ、じゃあなんであんなに冷たかったの……？」

「……それは」

言葉に詰まる姿に、おどおどしながらも慌てる。

「や、やっぱ怒ってる……怒ってるんでしょ⁉」

「怒ってはいない！」

そう言われてしまえば、ますます混乱する。

「だったら、なんで私が元に戻りたいって言ったのに、返信くれな……アッ、しょっちゅう別れるっていうやつと付き合うのは疲れるから、もう別れたままでいいぜぇってことだ⁈」

「………」

沈黙の肯定感はすごかった。

「ぎゃーやだやだごめんなさい！ 私にはケイジしかいないんだってば！ もう二度と別れるなんて言わないし、言いたくないし、頼まれても絶対もう言わないし１００万積まれてももう言わないから！ １００億ならわからないけど……」

「ほう。シノは１００億もらったら言うのかそうか」

「いやそれはあれなの！ ギャグ（？）だから言わない！」

薄目でジト〜ッと見られる。

最初は薄目に薄目で対抗していたが、視線に負けて、すぅーっと目をそらし、そっぽを向いた。

なんだったら口笛も吹く勢いだった。

それでも横目でチラチラとケイジを見て、もう一度、頭を小さく下げた。

「ごめ、んなさい……。でも私、ケイジなしじゃ生きてけない……むしろしぬ……ずっと一緒にいて……」

最終的にめっちゃ重いことを言い放った。

こんなに長く付き合ってるのに飽きもせず、好きでいられるのは、きっとケイジだからなのだろう。

もう二度と離れたくない。離すまい逃すまいと、ケイジの袖をがっつり摑《つか》む。

「………あーあ、俺も大概甘いな……」

ケイジが、大きなため息とともに、呟《つぶや》いた。

私はおそるおそる、もう一度ケイジを見た。

その表情に、思わず涙ぐむ。

………ああ、ケイジだ。

「で」

ケイジは肩を竦《すく》めてから、まっすぐ私を見つめなおす。
そして、いつものように呆れたように、困ったように、優しげに笑ってくれていた。
「……………反省したかー？」
それは、過去に何度も何度も何度も言われた言葉。
反省……じゃあ、もしかして、今までのは全部……。
ピースが全てかちっとはまったような気持ちになる。
安堵《あんど》から、全身が一気に脱力し、涙がだーーっと滝のように流れていく。
腕をおもいっきり広げ、ケイジに勢い良く飛び付いた。
「————し、しましたー！」
一瞬よろけられたものの、小さく笑いながら強く抱き締め返される。
久しぶりの温かさにじんわりとする。
嬉しくて嬉しくて、失いかけた幸せを噛《か》み締める。
ようやく、ケイジの腕の中に、元に戻ることができた。
「もう本当に猛省し驚きのあまり腰ぬけて頭カチ割れた。そんなに手の込んだことをされるとは思わなかった……！」

顔をケイジの胸に埋《うず》め、温《ぬく》もりを実感しながら、ぶつぶつと言う。

「手は別に込んでない……。シノが反省するよう距離置いて仕掛けてみただけだし」

「だって返信がもらえないのはともかく、気持ち悪いとかも言われたし……謝罪を要求するレベルだよ！」

反省させるにしてもあれは本当に傷ついたしトラウマになった。カグヤちゃんの運命の再会☆滑稽ドッキリ事件。

心のなかで、友人の作戦を滑稽ドッキリ事件と読んでいる性根の悪さ。

「ああ、アレな。アレはとても気持ち悪かったな」

謝罪どころか強調された。

「こっちはシノ反省タイムさせてんのに、頼んでもない第三者の意図で邪魔されて、気持ち悪いだろあの状況。ふられたカグヤを追い込むようで悪いが、言わずにはいられなかったな」

「あ、なんだーそゆこと？　状況にねー。はいはいはいなるほどねー」

はいはい、やだもうわかりづらい〜〜。

ケイジが私に向かって吐いた言葉じゃないとわかり、心から安堵する。

安堵したあと驚愕《きょうがく》した。

「……嘘《うそ》でしょ言葉足りなさすぎるよ毎回……?! なに、わざと? わざとでしょ。わざとな気がしてきた」

「わざとやるほど頭よくねーわ! いや、わざとやるほうが頭悪いのか?」

ケイジが疑問符を浮かべつつも、続けた。

「まぁとにかく今回は、これで元に戻らなかったら終わるなー、けどシノの癖は直さないと結婚もできないしやるしかないなーと、一か八かの賭《か》けだったんだよ。のわりにあっさり折れたな俺」

驚いて、埋まっていた顔をあげる。

結婚はケイジと付き合うためなら諦めた案件だった。

「いやだって、あのままだと、結婚してもすぐ離婚の繰り返しになるだろ俺ら。意味なくないすかと思ったり」

「そ、それならそうと言ってくれたら……。結婚したいなら他の男選べって言われたし」

「あれは本心な」

一番傷ついたところが本心だったたっつー衝撃〜〜。

「そこはシノの意思も尊重しとこうと思って」

そこは尊重して欲しくなかったたっつー乙女心《おとめ》〜〜。

「でもタダで他の男にシノを奪われるような真似はしねー。欲しかったら力ずくでこい、相手になってやるって言うつもりだったし、奪われたら奪い返すつもりだったしな！　あれ、結果として尊重してねーな。まぁいいか」

男らしいこと言ってくれてるのかもしれないが、衝撃的すぎて一切ときめかなかった。

一通り話し終わるとケイジがゆっくりと力を抜いて、離れようとしたため、慌ててさらに力をこめて抱きつく。

私の名前を呼び、呆れたように笑うケイジ。だって1秒でも離れたくないのだ。

「寒かったから、ケイジで暖をとりたいの……」

湯たんぽ扱いしてるだけだった。引きつるケイジ。

「珍しく素直だと思ったら……。つーか本当に身体《からだ》冷たいな」

冷えきった頬《ほお》を触られ、ケイジの温かな手のひらに包まれる。

そんな些細《ささい》な行動も、今はとても幸せに感じる。

「さっきまで徳川くんとコウヘイくんが家の下でバトってってさー、それずっと見守ってたからかも」

「ああ、そういやシノの家のところにいたなあ。ケンカしてたから、見なかったことにして帰ったけど」

「でしょ？　あの人達、人の家の下でなにケンカしてるんだっつー」

住宅街にそびえ立つマンションの下であんなケンカされて、ご近所さんにどう説明すればいいか悩みに悩んだよね。まぁご近所付き合いなんて無きに等しいけども。

「……って、え？　私の家にきてたの？」

ケイジがやべって顔をした。

「よーし、シノの身体が冷たいし、元にも戻ったことだし一緒に風呂でも入るか」

ごまかされた。

「入らない」

拒否した。

……もしかして、ケイジは結局また追いかけてくれたのかもしれない。

自然と繫《つな》がれた手を握り返しながらそう思う。胸が疼《うず》く。

「よしじゃあ送ってく。もう遅いし」

「エッ、あ、そっか。そうだよね、明日も会社だし……ウン」

でもこのまま帰宅……？

離れがたい、名残惜《なごりお》しい気持ちが強くなる。

このまま離れるのは、それはいやだな。いやだなぁ……。

握っていた手にぐっと力を込める。

「あ、あのさ、今日は、もっとケイジと一緒に……」

ものすごくしどろもどろになりながら、呟いた。

「いたい……というか……朝まで一緒に……」

ケイジが目を丸くする。

「ああ、添い寝して欲しいと」

意地悪くそんなこと言われる。

急に恥ずかしくなってきて、頬が熱くなる。

「ち、ちが！　添い寝以上の、ほら、あるじゃん……！」

「シノにしては珍しく積極的だな……何かの裏を感じるな……金目的か」

「裏なんてないよ！　い、今は、そうゆう気分で……なんで女に言わせるのか？」

「俺はそんな気分じゃないしなあ」

エエーッ。

物凄《ものすご》い恥ずかしさを堪《こら》えて言ったのに、拒否されて、下唇を噛みながらプルプルした。

「……セックスレス……とは、これか……」

「だから女の子がそうゆうこと言うんじゃないっつーに。嘘だよ」

ふいに影が落ち、軽く触れるようキスされる。

付き合い始めの頃に戻ったように、胸が高鳴る。

「じゃ、じゃあ、は、はやく……行こ、行こう！　行きましょう……！」

ケイジの腕を引っ張り、ぐいぐいと急《せ》かす。

しかしケイジの身体は動かず、むしろ片眉が跳ね上がった。

「……ははーん読めた。どうせあれだろ、寒いから部屋行きたいって急かしてる、そんなオチだろ。期待させておいて下げるのはシノの得意分野だからな、それに何年引っかかったことか――」

などとケイジが喋《しゃべ》っている最中の、その時の私の表情は、きっと恥ずかしくて赤すぎた。

目を丸くしたあと、ケイジは照れたように笑った。

「……あーもう、困るな、こうゆうのは」


少し散らかったケイジの部屋に、待ちきれないとばかりに、雪崩《なだ》れ込むよう入る。

またここに入れる日がくるとは思わなかった。

嬉しくてじわりと涙目になる。

セミダブルのベッドに、乱雑に床に置かれた雑誌、ストレス解消のサンドバッグが置いてあり、身だしなみチェック程度の小さな全身鏡がある。

「ていやー！」

私の掛け声とともに、ケイジがベッドに倒れ込み、ギシリとしたスプリング音が部屋中に響く。

驚いた目で、ケイジは自分の上に乗っている、私を見る。

「……うん、こんなシノ初めて見るなーって怖いくらい積極的だな……！」

恥ずかしさより、とにかく今はこうしたいって気持ちが強い。

「だ、だめなの……？」

「いや？」

さらりと首に手を掛けられ、深いキスをされると、たまらない気持ちになる。自分至上最大にえろい気分というやつだ……！

しかしケイジのシャツを脱がそうと手を伸ばした時、鏡に映った自分に気づき小さく悲鳴をあげた。

そうだ私、山姥だったー！

え、昨日お風呂入ったよね？　入った気がする……え、入った？　やばいここ最近の記憶が虚《うつ》ろ！　頭くさくない？　大丈夫かこれ……。

好きな男を久しぶりに抱く（？）自分がこれでいいのか、という疑問しかもうない。

久しぶりにやるぞーって時に、ケイジに『え、くっさ⁈』とか思われたらもう立ち直れない。

たまらない気持ちは、いたたまれない気持ちに進化した。

足にぐっと力をいれ、立ち上がろうとする。

「よし、ちょっと待ってて、念のためシャワー浴びてくるから」

「え、今?」

「ウン……。昨日お風呂入ったかどうか記憶が曖昧《あいまい》で……。あ、あと毛！　毛はえてるかも?!　もうだめだこれはできない、明日にしましょう」

予約した。

「そっか、わかった。それなら仕方ない……って待つやついるかこの状況で！　どんだけ据え膳だ！　もう待たねーぞ！」

間髪入れず、ケイジが身体を起こし、今度はこちらが押し倒される形で、体勢が逆転した。

繰り返しキスされながら衣服を剝《は》がされていく。

「じゃ、じゃあせめて部屋の灯りを消して……！」

「消さない」

「なんで……！」

「顔が見たいから」

どしぇぇぇぇ。くさいセリフに恥ずかしくて顔が赤くなる。

わー、永久脱毛行っとけばよかった、来週にでも行こうなど考えているうちに、色々と起こる久しぶりの感覚に、思考が停止していく。

ケイジとは、それはもう何度も何度も、数えきれないほど身体を重ねたことはあったけど、焦がれに焦がれきった想いが気持ちをさらに昂《たかぶ》らせていた。

「ね、ねえケイジ」

「うん？」

ゴツゴツしたケイジの指を、自分の指に搦《から》めとりながら。

「私、ケイジとずっとこうしてたかった……」

嬉しくて、恥ずかしさも吹っ飛んで、普段はとてもじゃないが言えないことも、つい言ってしまう。

「ああ、俺も」

状況が状況なので、その一言に色気を感じ、全身が疼く。

ギシギシとベッドが軋《きし》み、熱く吐かれたり漏れたりする息が交わっていく。

「すき……！」

何度も繰り返す。

「ほんとに、すき……！」

いつもの自分では考えられないほど、気持ちを伝えられるし、甘くねだるような声も出る。

「今の状況でそれ言われても、興奮するだけだわ」

愛の告白が、興奮材料になってしまっていた。でも仕方ない！

「……わ……私、ケイジを忘れるために新しい彼氏作ろうとして、合コンに行ったりしたけど、好きなのはケイジだけってわかった……」

「……合コンか、そうか。別れた間も意外に楽しんでるな」

「楽しんでないよ！　私がどれだけ苦しんだか！　まじヤバイやついたんだって」

突然の地声。

「ほー……。と言ってみるが別にシノ責められる立場でもないからな俺は。俺もなんだかんだ、静江さんに紹介された人と遊んだし」

え⁈　やっぱり紹介されてたんじゃん⁉

最中だということも吹っ飛ぶほどのショックを受けた。

「というのは嘘だ！」

えー。

「エエェ……なんで嘘ついたの……。今めっっちゃくちゃショックだったんだけど……」

床に無造作に散らばってる服を、瞬時に拾い上げ何重も着込む勢い。

「こっちのセリフなんですがそれは。……まぁ、そうやって俺の気を引っ掻《か》けようとするところは、可愛《かわい》いなあと思ったりするけど」

「え？　いや、本当にヤバイやつが合コンにいたって話なんだけど」

そんな可愛らしい話じゃねえと即否定する。

「そいつにね、最中の顔が見たいとか言われたことを、今、思い出した」

ケイジの動きがぴたりと止まる。

「その顔を見れるのはケイジだけ♡　っていうロマンチック（？）なこと言いたいんじゃなくて、本当にやばくない？　店員さん呼ぶ時も、小声で『おま●こ、ください！』って言ってたの。まじやばくない？　鳥肌たってきた、みて。男の人って合コンだと皆ああゆうノリなんですか？　あ、今のは合コンに行ったことあるのかをケイジに確かめる作戦もかねて――」

「もういい、わかった。今は俺のことしか考えさせないようにしてやる。あとそいつの連絡先を後で教えろ」

「え、あ、ちょ、待っ……」

深いキスを何度も交わし、行為は再開され、ケイジの言葉通りになっていく。

幸せという言葉では伝えきれないほどの幸福感に満たされていき、なんていうか、積極的すぎて、ケイジ、エッチ……きゃー。

みたいなそんな感じで夜も更ける。

7章　こたえあわせ

「わかるわぁ。ケンカのあとのセックスは盛り上がるのよねぇ」

静江さんがたおやかな笑みを浮かべていた。

休日のお昼。

例の如《ごと》く、いつものカフェで静江さんに復縁報告をした第一声がこれだった。

「……も、戻ったとは言いましたけど、そこまでしたとは私は言ってませんけど……」

何、エスパー？　こわい。

ニタニタとした下衆《げす》な笑いを浮かべる静江さん。

「そうなのよね。つい激しくして、何倍もエクスタシー感じちゃうのよねぇ。ばちゅん！　ばちゅん……からだとからだがぶつかるリズム……」

下品の極みすぎて鼻水出た。

静江さんをフルシカトして、店員さんに向かって、カフェオレをふたつ頼む。

その様子を眺めながら、静江さんは口の端をつり上げる。

「よかったわ、ふたりが元に戻ってくれて。ところでケイジはもちろん感謝してるわよね。あたしは、シノちゃんのためを思って背中を押してあげたの」

「はいはい感謝してますよ」

私の隣に座っていたケイジの適当すぎる相槌《あいづち》に、思わず脇腹をつねった。……痛っ!?　という短い悲鳴が聞こえる。

「ここで受け入れるから静江さんが調子に乗るんだよ……！　結果として仲を壊そうとしてたんだから！」

「いてーな！　とはいえ過ぎた話を今さら言ってもどうしようもないだろ。静江に悪意はないわけだし」

静江さんが、高速で頷《うなず》いて同調する。

「3Pとかも勧められたんだよ!?」

納得いかず声を荒げて立ち上がる自分だったが、やばい単語で声がでかかった。

「シノちゃんの新しい扉を開いてあげようとした、あたしの親切心じゃない」

「なるほどー。よかったなシノ」

興味なさげに同調するケイジ。

「良いのー!?　彼女がこんなこと勧められてるのに……!?　ケイジって、私にほんっと興味ないよね!?」

「いやあるある。誘拐したいくらいある」

あまりの棒読みに、眉を八の字にして青ざめた。

「ま、また私をそうやって突き放して……」

〝俺のシノに妙なこと教え込むんじゃねぇ〟と言ったあと〝もうフラフラするなよ〟と背後から私を抱きしめる。そんなロマンチックな展開ないのか……。ないね、この人にはなにもない。

ひどい、ひどい、とぶるぶる震え、悲しくて絶望もした。まぁ震えたけど絶望するだけで終わった。

静江さんが目をまんまるくして、こちらを見ていた。

「………シノちゃんが……っ。この流れで、別れるって言わないなんて……ッ」

電撃が走ったみたいに言う静江さん。大げさにも目元をハンカチで拭っている。

「い、言いませんよ……さすがにもう！」

「ええ、そうよね、成長したのねえ……よかったわねぇケイジ。ふー美味《おい》しい」

それだけで成長を感動されるのも辛《つら》い……。

というか頼んだカフェオレが、気づいたら勝手に飲まれていた。

仕方ないので、ケイジの分を飲んだ。

「勢力図は何も変わってないけどな」

その様子を眺《なが》めながら、ケイジが謎のぼやきをした。

あ、そういえば……。

静江さんは引きずっていたら、傷つけてしまうかなと躊躇《ちゅうちょ》はしたものの、いずれわかることだし……。

一応姉として、静江さんの友人として、弟に彼女ができたことを報告しておく。

想像とは裏腹に、静江さんは悲しむことは一切なく、むしろ表情が一気に綻んだ。

「……そう。ちっともあたしのこと、引きずってくれないのねぇ」

「静江とは良い思い出とドヤってましたな……そこがおばかっぽくて可愛《かわい》いんだけど」

「想像できるわ」

とても可笑《おか》しそうに、静江さんがくすくす笑う。

「あーやだやだ。あたしもこの東京砂漠でひとりは寂しいから、彼氏さっさと作らなきゃねぇ」

両手を組み合わせ、ぐぐーっと前に押し、伸びをしながらそう言う静江さんは、心底、弟の幸せを喜んでいるようだった。

静江さんの隣で、ずっとテーブルにうつ伏せて無言を貫き、存在を消しかけていたコウヘイくんが顔をあげる。

「あー俺もやだやだ。この空気にあてられてウエー」

「おや、どうしたのコウヘイくん。今すごい隅《すみ》の存在だよ。教室の隅の人」

しかし煽《あお》っても元気の出ない暗すぎるコウヘイくんは、自嘲満載の息を吐く。

挙げ句、

「ふっ……いいんだよ俺なんて、とっとと死ねば……」

などと抜かしているので、あまりの豹変《ひょうへん》っぷりに恐怖すら感じ、何事ぞ？　と視線をケイジへと寄せる。

ケイジに話すよう促されると、深いため息を何度も何度も何度もつきながら、

「……俺さ……女帝に…………ずっとアパート下に張り付かれてたじゃん……」

ゆっくりと、コウヘイくんが負事情を話し始めた。

徳川にスーパー嫌味を食らったあの日、むかついて、その足ですぐさま自宅アパートにいる女帝の元に向かった。

今度こそ完膚なきまでにふってやる、見てろよオラァーと心に誓ってすらいた。

そして、それはもう力こめて、アパート下にいた女帝に向かって、

『いつまで張り付いてんだブス、おまえなんてもう好きじゃねーんだよ別れるつってんだろっ』

と腹の底から叫んだ。したら女帝に。

『は？　意味わかんねぇ、こっちは新しい男もういるんだよ、それよりブロックしてんじゃねーよ連絡とれねぇだろ死ね！　毎晩通うハメになっただろボケ‼　あんたの部屋に、あたしの財布が置いてあんだよ！　保険証・免許証も全部そこ！　さっさと返せよキモ自意識過剰男！』

「……ってめっちゃ罵倒されたよね～～」

遠い目をして話し終えるコウヘイくん。

女帝さん、欠片《かけら》も追いかけてなかった。すがりすらしてなかった。

笑ってはいけないと思って必死に耐えたが、静江さんはテーブルばんばん叩《たた》いて笑っていた。

「プライドが……ズタボロ……。自意識過剰て……あんなに逃げまわってた意味……」

「本当だよな。毎晩泊まりにくるわ、縁切り寺に付き合わされるわ、挙げ句風俗まで行かされたのにな」

ケイジが便乗してぼやく。余計肩を落とすコウヘイくん。しかし私はそのぼやきの一部単語に、ぴしりと固まる。

もう一度、聞こえたフレーズを脳内で繰り返し、うん、叫んだ。

「ふ、風俗ーーーーッッ」

ふたりが風俗に行ってたというインパクト。

え、え、これは衝撃ですよ。ハッピーエンドと思ったらいきなり地獄に叩き込まれた。

時期的に、私達が別れてる時に行ったってことか……だとしたら確かに浮気ではないしセーフだし、行っても全然いいと思うし、そもそも世の中は、風俗は浮気かそうでないか意見真っ二つな事案であり……いや私的にはもちろん1億%浮気だけど、しかし今回のケースでは、当時私達は別れていたわけで……。

　ぐるぐるぐると思考が巡っていく。

　その隣で、ケイジは半眼の横目でぽつりと呟《つぶや》いた。

「……。念のため言っとくが、俺はコウヘイを、車で店まで送ったり迎えにいったりしただけだからな。念のため言っとくが。念のため」

「ぎゃはははそんなん誰が信じるんだよー。男なんて皆行ってるってあははは。行ってないやついないいないない」

　ヤケクソ気味に笑っているコウヘイくん。

「おまえまたぶち壊そうとしてんだろ……！」

「ハァ？　大体俺がこんな辛い目あってんのに、なんで親友であるケイジは幸せ取り戻しちゃったわけ？　さっさとまた別れろよ。俺が毎晩励ましてやった恩忘れた？」

「優しい言葉をかけていた裏で、別れさせようとしてた陰謀なら知ってるわ！」

「――――べ、別に風俗行ってても、良いよ！」

　ふたりの言い合いに割って入れるほどの声を振り絞り、私は強くそう言った。

皆の視線が一気に突き刺さる。

「そ、そもそもさぁ、別れてた時だから仕方なくない？　私がどうのこうの言える立場じゃないもん」

余裕の態度で、オトナの笑顔をにこっと見せる。にっこり……にっこり……。

見せた直後、ガァンっとおもいっきりテーブルに頭を打ち付ける。

「でもやっぱヤダー！　聞きたくなかったそんな事実ー！　嬢を抱いた手で、このあいだ私を……わーん！」

「だから行ってねぇっつーの！」

ケイジが叫ぶ。コウヘイくんは、驚きの表情で私を見ていた。

丁寧な仕草で本日初めてコーラを口にし、ごくりと飲み込み、ゆったりとした動作で頬杖《ほおづえ》をついた。

「……今ので別れるって言わないなんて……朝倉さん成長したねぇ……」

「びっくりよね。これもうケイジが、実は浮気してたペロッチョ☆　って暴露したとしても、別れなさそうねぇ」

「試してみよう。朝倉さん、こいつ別の女と浮気もしてるし、なんだったらロリコンだし、痴漢もしてる性犯罪者だよ」

「おまえらほんと黙れーー！」

日中の平和なカフェで、いかがわしい単語が何度も飛び交ったのであった。

「あ、そうだ。徳川くんにも報告しとかなきゃだった」

ギャアギャア騒いでいる皆は置いといて、無事ヨリが戻りましたというメッセージを、徳川くんに送ると……。

すぐに返事が届いた。

〝おめでとう。シノちゃんと遊んでいるとケイジくんの話ばっかで聴覚レイプされてたかいがあったよ〟

徳川くん……。急に不満述べてきた……。なぜ……？

〝でもケイジの風俗疑惑が出てきてしまいました。どう思いますか同じ男として〟

ピロンとメッセージを送る。

〝男にはいくつもの秘密があるもんだよ……〟

ポロンとメッセージが返ってくる。

〝徳川くんも行ったことありますか〟

送る。

〝視覚レイプはやめろ〟

返ってくる。

〝行ったことありますか〟

〝今日いい天気だね〟

〝行ったことありますか〟

返事がぷつりと途絶えた。

チッ……。逃げやがったな徳川の野郎……と、携帯をしまいかけたところで、ポロンと再びメッセージが届いた。

〝そうそう。僕はカグヤちゃんと入籍したよー。式は未定だけどね〟

〝あ、そうなんだーおめでとう。じゃあお互いよかったね幸せだね。式は呼んでね。ったく話題かえちゃって、うまいんだから〜〟

送信っと。

よかったよかった。なんやかんやの超ハッピーエンドじゃん。

ウフフアハハ……。

はぁ？

「はあああああああああ?!!?」

私の雄叫《おたけ》びに、３人がびくっとする。

え　入籍っつった？　入籍？　え？　ヨリ戻るどころか入籍。結婚っつった？

アッレエー？　私なんか見逃しちゃった感じーコレ？　ドラマ数話を見逃していきなりクライマックス見ちゃってるー？

もう速攻電話掛けた。せざるをえない。

「――あのね、全然いいんだけどね、いいんだけどね!?　めでたいしね!?　でもほら二股っていう問題があったじゃない……!?」

『そこは自分の包容力のなさを実感したかな。別れの原因は非常に些細《ささい》なことだったから』

そう!?　些細!?　結構でかくね!?

『僕こそ、シノちゃんのように問題の本質に向き合っていかなければ……って反省したよ』

そう⁉　向き合ってなんとかなる感じ⁉

色々ツッコミが追いつかなかったが、電話の向こうの徳川くんの穏やかな声は、幸せそのもので満ち溢《あふ》れていた。

『あ、今一緒にいるから――替わるね』

電話口から、別の、幸せに満ち満ちた愛らしい声が聞こえてきた。

『シノちゃんお久しぶりです～。急にびっくりした？　ふふ』

「カグヤちゃん……！　めっっっっちゃびっくりしたよー、でもおめでとう」

『ごめんね、きちんとした場で報告したかったんだけど、ばたばたしちゃって……。でも私もう絶対あんな二股――美人局《つつもたせ》みたいな真似《まね》はしないから。徳ちゃん悲しませないから』

「ウン、そうだね――……ん、つつもたせ？」

意味がわからず一瞬黙ると、カグヤちゃんが、

『やだっ。私、言わなかった？』

と、笑い混じりに説明してくれた。

コウヘイが自分の友達をヤリ捨てた。ボロボロになる友達を見て、怒りが湧き復讐《ふくしゅう》

を決意。自ら、徳ちゃんと付き合ってるけど好きっていう体《てい》で誘った。他人のものが好きな愚かなコウヘイは、それにひょいひょい釣られた、と。

『最低だよね私……徳ちゃんがいながら、他の男を誘うなんて。けど当時の私は、本当に許せなくて』

なるほどー、それで二股と。

なんだぁ、じゃあ本当の二股じゃないぞ。大げさな。

「もちろん手すら繋《つな》いでない関係だったし……。徳ちゃん以外とそんなの絶対無理だし……」

うんうん、わかってる。

可愛いなぁカグヤちゃん。そっかー友達のためだったのかぁ。

『最終的に、他の男友達に〈おまえカグヤに手出しやがって〉ってボコボコにしてもらおうと思ったの』

「………へ、へぇ………」

すげぇバリバリの力業《ちからわざ》に一気に引いた（？）

『それで徳ちゃんに、それができる人間性マジ無理、って言われて。すっっっごく反省してる……』

でしょうね！

目の前にいるコウヘイくんに、同情しかけた。いや自業自得……？　ウゥン……。

話の途中だったが、再び電話相手は徳川くんに替わっていた。

『僕だって、もちろん反省しているからね』

「？　徳川くんが反省するところなんてあったたっけ」

『もう二度と、別れるなんて口にしない。心に誓って一生大切にするって決めたから』

「……！　そっか。それはそうだよ。ウン、私も——……」

ケイジをちらりと見る。大好きで大好きで大切な存在。今回の件で、その想いはより一層強くなった。

お互い固く決意したのだった。

「ところで徳川くんは風俗に行ったことはあるの？　それだけ教えて」

電話は切られた。

『きゃあああああーー、せんぱぁい、ツイッター見ましたよー。彼ピッピとヨリ戻ったんですね～』

切られたと思ったら、すぐ掛かってきた電話に一瞬びくつく。

というか電話中に何度もキャッチ掛かったけども。

マリアだ。

ツイッターで彼氏とヨリ戻しましたオヨヨンみたいな報告していたのを、すぐに見てくれていたようだ。

『嬉《うれ》しくて電話掛けちゃいましたぁ。でもね先輩。もっと大きいことがあるんです。先輩の小さな出来事より、私の大きな出来事聞いてくれますかぁ？』

「ウン、今お友達と一緒にいるからちょっと無理かなみたいなぁ」

『あのですね～このあいだの会社帰りのことなんですけどぉ』

「はい、どうぞ」

負けた。

『先輩をいじめた営業がむかついたからぁ、私、先輩の仇討《かたき》とうと思って、飲みさそったんですぅ。相談があるって言って。酔っ払わせて先輩への謝罪を録音しようとＩ

Cレコーダー持ってってたんですよぉ』

まじでー。ICレコーダーて。むしろ仕事もそれくらい情熱的にやって……。

けれど自分のことのように怒り、勇ましく相手に詰め寄ろうとするマリアに、同時に胸がじぃんとする……。

『ばっちり謝罪収めました☆　だから週明けは明るいお顔で会社きてくださいねぇ♡　先輩が元気ないのは、私とってもさみしいんですから』

ま、マリアー！

色々ふざけてるけど、根はいい子……。なに、この先輩想い……。最近の私の周りの登場人物で一番私のこと想ってくれてる存在じゃないの？　とすら思う。マリアの教育係でよかった……。

あ、ちろっと涙出てきた。

『だって異動がなければ、先輩がいずれうちの部署のお局《つぼね》になりますよねぇ。そしたら私、先輩の右腕としてちゃーんとおそばにおいてくださいね』

「目的それなのー？」

くすくすと笑みが零《こぼ》れる。

『いつもお世話になってますし、私が彼ピできたのも先輩のおかげですし、恩返しですよぉ』

『彼氏できたんだーーおめでとう！』

心からお祝いの言葉が言える。

むしろいつも辛辣《しんらつ》に突っ込んでごめんよマリア……。マリアはとっても可愛い後輩だよ。

『はい☆　その営業が私の彼ピッピですぅー。飲みに行ったら意気投合しちゃってぇ』

一瞬沈黙した。

「……え？　え？　なに、え？　なんだって？」

『やーん先輩、アニメの声優みたいに声変わりましたね。じゃ、彼ピが待ってるので、先輩、お幸せにぃですぅ』

「いやおま」

電話は切られた。

＊＊＊

カフェで集まった友人達と解散し、ケイジと手を繋いで、自宅へと向かう。

久しぶりのシノの家だなぁとか、おばさん元気かー？　とかなんとか、だらだら雑談しながらだと、家に到着するのはあっという間だった。

部屋の扉を開く。ケイジと別れたことにより真っ暗になっていた部屋は、今ではちゃんと明かりが灯《とも》り、掃除もバッチリ行われ、綺麗《きれい》に整理整頓されている。

しかし部屋中央に置かれたローテーブルの上にあったものが目に入ると、ケイジはぴしりと固まった。

「あー寒かった。暖房つけよう」

ケイジの様子など気づかず、コートを脱ぎながら、急いでリモコンを捜す。

「なんこれ……」

切り刻まれた写真を手にとりながら、震えるケイジ。

ケイジの顔だけ切り刻まれている私達の数枚の写真。

「あ、これ⁉　やだー恥ずかしい。ケイジに彼女ができたって言われた時、悲しさと怒りと憎しみと憎しみと憎しみしかない怒りをぶつけて切り刻んだの。でも、途中からやっぱり好きだな～、って思って切り刻めなくなっちゃって……。きゃっ」

「俺は今、心の底から泣きそうになってるんですが」

「……エッ。なにも泣かなくても……。また写真はプリントするから、そんなに悲しまないで……」

「そうゆう意味じゃねーよ！」

泣くほど私との写真を大事にしてくれてたなんて……（？）

ケイジの両肩を摑《つか》んで、お気に入りのクッションの上に座らせてから、お茶の準備を始める。

部屋には、いつでもお茶が飲めるよう電気ケトルと、自分とケイジのお揃《そろ》いマグカップと、ティーバッグを束にしてカゴに置いている。

またこのマグカップが使えることに幸せを感じつつ、ティーバッグをぽんぽん入れて、熱湯を注ぐ。

「お砂糖いらなかったよね。ねえねえ、ミルク入れるー？　あ、牛乳は下に取りにいかなきゃ……面倒だからなしね」

　そうだお茶菓子あったなぁ。ケイジあんまりお菓子食べないけど、私は食べるので出そう。デブ爆誕。

「……なぁシノ」

　私の前かがみの背中を眺めながら、ケイジが声をかけてくる。

「ウン？」

　身体《からだ》ぽかぽか生姜《しょうが》ストレートティー入りのマグカップをケイジの前にぽこっと置く。寒かったから、紅茶から上る湯気ですら身体を温めてくれる。

「俺達、そろそろ一緒に暮らすかー？」

　とても自然に言われたから、すぐに反応ができず、一度こくり、と熱い紅茶を喉に流し込む。

　お菓子もポリポリつまんで食べる。

　なんだって？

「……一緒に……暮らす？」

　ぼんやりと繰り返すと、ケイジは照れたのか短く頷いた。

同棲《どうせい》ってこと？　1日24時間ケイジとずっと一緒にいられるってこと……？

「わぁー……嬉しいなあ。でも実家のほうが楽だしお金もかからないしおかあさんのご飯美味しいし」

返事は、ノリ気が全くない、クズ発言しかしなかった。

「そうでしたか、それはすいませんでした」

「なーんて！　今の照れ隠しだってばぁ～～」

ふてくされたケイジの頬を、つんつん突っつく。

「断られたかと思ったわ……！　じゃ、そうと決まれば、来週くらいから部屋探しすっかー」

わぁーヤッター今から一緒に暮らすの楽しみになってきたァァ。

ってことはてことは、これからは毎日、会社から帰ってきたケイジに手作りご飯を用意したりとかして……？

ご飯にする、お風呂にする、それともア・タ・シ？　とかいう有名なフレーズができる妄想が始まる。

「シノには料理はさせないようにしないとなー。俺の胃袋を守るのは俺しかいない」

妄想がいきなり打ち砕かれた瞬間だった。

「……え？　いや。するし。大丈夫だし、料理とか余裕だし。お友達がブログに掲載した大さじ1ブランデーって量を、ブランデーひと瓶全部だと思ってりんごを漬けたことがあったけど、近年の料理の失敗ってそれくらいだし」

必死に説明しても、ケイジの疑いの眼差《まなざ》しから逃れることはできなかった。

「いや確かにブランデーの香りがすごく利いたパウンドケーキが出来上がったけど、食べれなくはなかったよ。めっっちゃ美味しかっ……嘘《うそ》です苦く甘くてとてもじゃないけど食べれませんでした」

謝罪した。料理の腕がゴミであることはまぁほんとそう。覚えなきゃー！。

これから忙しくなりそうだけど、それすらも楽しみでわくわくが止まらない。

「ねーねー、ケイジはどこらへんに住みたい？」

早速ノートパソコンで不動産サイトを見て浮かれきっている私に対し、ケイジが可《お》笑《か》しそうに吹き出した。

「俺はシノと一緒ならどこでもいいよ」

そうして、とても柔らかく笑ってくれる。

「………っ」

ケイジは求めてる時はたいしたこと言わないけれども、さりげなく嬉しいこと言ってくれるから、ときめいて仕方なかったりするのだ。

「……私といれば、なんでもいいの？」

「おう」

ふーん、ふーん。嬉しい。

口元に締まりがなくなる。

「それは、私もかな！」

きっと今日一番の笑顔を、私は浮かべている。

照れたようにケイジが続ける。

「つーか……いちおう前提として同棲って話なんだけど、意味わかってますかねシノさんは」

「エッ、なんの前提？」

「この流れで結婚以外なにがあるんだよ」

「アッ、そうなの!? 結婚!? やだもう変態〜〜！」

突然のプロポーズに、照れ隠しでケイジを思わず突き飛ばしたら、あちあちのマグカップがひっくり返って、ケイジの服（と皮膚）が大惨事になった。しかしお気に入りのクッションも紅茶で染まるし、私の心も色々大惨事だったので、おあいこである。

「ねえねえ、じゃあ、前提プロポーズ記念に、ちょっと愛の言葉囁《ささや》いてみてよ……」

露骨に嫌そうに、眉間《みけん》に皺《しわ》を寄せるケイジ。

私は満面の笑みを浮かべる。

「アイラブユーの日本語版。私、たまにはケイジからロマンチックな愛の言葉もらいたいの……」

沈黙するケイジ。にこにこする私。

それはもう嫌そうに後退《あとずさ》りするケイジ。にこにことついていく私。

「……。……あ……」

空気に圧《お》されたのか、言わなければ話が終わらないと観念したのか、ケイジの口がついに開く。

「……愛、し……」

きゃー。きた！　愛してるこい！　こいこいこいこいこい愛してるぅ。

「……愛して」

フォー。

やばいこっちも恥ずかしくてちょっと熱くなってきた。きゃー。

「ぬ」

「え？」

ぬ？　え？　愛してぬ？　意味不明。終わっちゃったじゃん（？）

めっちゃ真顔になった。

「そんなむず痒《がゆ》いこと言えるかッ、俺の行動で満足しろ」

「ヤダー聞きたーい、聞きたーい」

耳が赤くなってるケイジに、思わずニヤニヤとした含み笑いが溢れる。

「うるせー！　愛の言葉は言わない、けど」

「けど？」

ニヤニヤしながら、ケイジの頬をツンツンしていると、手首を掴まれる。

そしてさらりと、

「俺はシノのことは、別格にめちゃくちゃ可愛いと思ってるよ」

「えっ」

予想外の返事すぎて、思わず固まる。

私も赤くなってるかもしれない。

これからもケイジと一緒にいられることに心から幸せを感じつつ、新しい生活への期待で胸がいっぱいになるのだった。

この作品は書き下ろしです。原稿枚数322枚（400字詰め）。

幻冬舎文庫

●好評既刊
教室の隅にいる女が、不良と恋愛しちゃった話。
秋吉ユイ

友達ゼロの優等生・シノの初めての彼氏は、不良の人気者ケイジ。シノにとってすべてが恥ずかしい初めてだらけの恋は、毎日が超暴走&興奮モード。本当にあった、ノンストップラブコメディ！

●好評既刊
教室の隅にいた女が、モテキでたぎっちゃう話。
秋吉ユイ

地味で根暗な3軍女シノは、明るく派手でモテる1軍男ケイジと高校卒業後も順調に交際中♡――のはずだったが、新たなライバル登場で事件勃発。すべてが実話の爆笑純情ラブコメディ。

●最新刊
空き店舗(幽霊つき)あります
ささきかつお

人なつこい幽霊の少女アリサがいるオンボロビル。逝ってしまった大事な人への後悔を抱える店子たちは、彼女のおかげでその人たちと邂逅を果たす。しかし、明るいアリサの過去には悲しい事件が。

●好評既刊
もしもパワハラ上司がドラゴンにさらわれたら
蒼月海里

パワハラ上司がドラゴンにさらわれ、人間のストレスが生み出す魔物で新宿駅はダンジョン化!? 毒舌イケメン剣士ニコライとブラック企業のヘタリーマン浩一は、上司を無事に連れ戻せるのか？

●好評既刊
心霊コンサルタント　青山群青の憂愁
入江夏野

怪奇現象を解決してもらうため、貧乏女子大生・花は、心霊コンサルタント・群青を紹介される。冷たく口の悪い群青だが、腕は確か。しかし、彼の陰のある瞳に、花は何か秘密を感じていた――。

教室《きょうしつ》の隅《すみ》にいた女《おんな》が、調子《ちょうし》に乗《の》るとこうなります。

秋吉《あきよし》ユイ

平成29年5月10日　初版発行

発行人――石原正康
編集人――袖山満一子
発行所――株式会社幻冬舎
〒151-0051東京都渋谷区千駄ヶ谷4-9-7
電話　03(5411)6222(営業)
　　　03(5411)6211(編集)
振替00120-8-767643
印刷・製本―中央精版印刷株式会社
装丁者――高橋雅之

幻冬舎文庫

ISBN978-4-344-42612-2　C0193　あ-44-3